鹿港少女2

再見了老三甲

嶺月 著
曹俊彥 繪

推薦序

鹿港・嶺月與我

許雪姬
中央研究院臺灣史研究所所長

如果早一點看過嶺月的「鹿港少女」二書，我在她逝去的一九九八年以前，應該有認識她的機會。

我的鹿港巡禮圈

第一次到鹿港應該是大學時代，再到鹿港就是在二十世紀的最後十年。那十年是我和鹿港結緣最深的時代。當時鹿港收藏家溫文卿先生找我去鹿港看他的收藏，我帶著助理欣然而去，從此和鹿港結下不解之緣。

透過溫先生等人引導，我了解鹿港、喜歡上了鹿港。為了往後替鹿港小鎮效勞，我飽讀了有關鹿港的相關研究論著，看相關小說，查遍鹿港鎮公所民政課典藏的「宗教管理」檔案，同時也吃盡鹿港各式小吃，更走遍鹿港的大街小巷，尋找傳統建築、覓尋有登記的大廟和沒登記的小廟，早上訪板店，晚上訪問一面做敕馬、經衣的司公。

縱使往後我每幾年才去一次鹿港，但鹿港已經是我的心靈故鄉。只要去鹿港，我會在中山路上走一回，聽聽在其他地方聽不到的鹿港腔，走在一九三四年因進行市區改正而被拆除的「不見天」（蓋頂的五福街，由土城口到北頭，今中山路），到玉珍齋附近的菜市場吃碗鴨肉羹，或者進入市場吃魚丸湯，再到天后宮繞一圈，然後到蘇府王爺廟，再到新祖宮、繞往大將爺廟，經左羊到龍山寺，再走到文武廟，回到全忠旅社投宿。隔天一早去吃碗麵線糊，才開始辦正事。那就是我在鹿港的巡禮圈。

嶺月的家

我對丁家的興趣，始於普查鹿港的傳統民宅。一直想參觀丁宅，但苦於丁家面向中山路的店面租給了叫「美男裝」的時裝店，我一時膽怯不敢進入。正好多年好友林會承教授承接丁宅的調查研究，找了歷史科班出身的李昭容來寫丁家的歷史。他介紹李昭容給我，於是地頭蛇的她帶我直闖「美男裝」，由店面（一九三四年市區改正時被拆掉此店面之前的一間半）經過深井、照廳、中井、大廳，大約有三百一十多坪。小說中嶺月和丁家的孩童一起玩捉迷藏，若不限制躲藏的地點，確有可能找不到人。

《一年櫻班 開學了》在丁宅的場景，我都能掌握。嶺月她家是六房，進士丁壽泉的後代，住在左邊。由於面對中山路的店家櫛比鱗次，無法看出格局，在李昭容的帶領下，我們爬上了屋頂，才得以拍出一張「新協源丁宅屋頂鳥瞰中庭」的照片。

書中最令我難忘的是寫她堂姊「芸姊」因思想問題惹禍的事。我猜「芸姐」是丁瑞圖養女丁韻仙，在賴和的〈獄中日記〉一文中，能看到她和賴和關在同一所監獄。若能參看丁韻仙接受張炎憲的訪問紀錄，就能更明白這段歷史。書中藉著生活中面臨的「金供出」、掠「鬮」、鄰組、躲空襲、轟炸的慘狀，讓我們由嶺月的敘事，了解戰爭後期人們面對的生活與政治壓力。這是走過那個時代人的共同經歷，在當時人的日記和口訪中，都可以找到相映的事實。

再見了，老三甲

這本小說中，嶺月所敘述的初中生活，她面對的不僅是不同的「國語」、自我認同變異的問題，還包括如何聽懂南腔北調的國語。中國改朝換代的歷史複雜，和日本萬世一系天皇的歷史絕不相同，小說中提到「趙匡胤」被聽成「豆干印」，就不足為奇。過去日本時代校長、教頭等人都是日本人，戰後中國時代的校長，教務、訓導主任都換成了中國人，臺灣人老師雖然更貼近學生，獲學生的喜愛，但在「語言」、「語文」、「歷史認知」的劣勢下，仍然被換掉。

到了一九四九年，撤退到臺灣的人，被分發為老師，而嶺月就讀的女校擠入彰中的男學生，那樣的時空，一直到學校老師被因「匪諜」、「思想犯」逮捕而後交保。這一群女生們在這時代急遽變動下走出校門。處在這大時代中，她們學會向導師抗議同學被打巴掌的無辜，也學會合筆板書，一體承擔後果的勇氣；她們向校長抗議更換國文老師，卻被校長視為莽撞；她們做愛心便當、幫老師織毛衣，帶給「老三甲」們永遠的回憶，也為讀者帶來超溫馨的感受。

書中她描述見到女校長「穿一件藍布旗袍，臉上沒化妝，短短的西瓜皮髮型好怪好怪，而且戴一副厚片眼鏡，胖又壯的身子，看起來很有威嚴。」「校長兩手交握在腹前一擺，再把垂垂的大胸脯往上一托」很大聲的說出令女學生們捧腹的「笑話」，這段文字讀來令人忍俊不住。這個彰女校長丑澤蘭是湖南人，畢業自北師大，其夫陳幸西，彰化人，是當時的彰化市長。要了解這段彰化女中的故事，可以看教務主任蘇寶藏留下的《我的回憶錄》一書。

不只是兒童文學

嶺月出生於一九三四年，她的學生時代正面臨一個大時代的轉折，雖然不是最美好的時代，但確是能身歷其境、創出不同人生的時代。讀她的大作，除了領略她書中帶給讀者機智、幽默、平實的書寫外，她將對時代變遷的觀察、肆應，編入個人的生活，描繪出她所感知的大時代，極為成功。

《一年櫻班 開學了》以家庭的變化為主，《再見了 老三甲》卻是以學校生活為軸心。她將一九四一～一九五〇年代發生的重要事件，要言不煩，時序正確地一一呈現，尤其日本老師的下場和外省老師的上場，令人體會什麼叫「降伏」、什麼叫「光復」；一九四九年另一批外省老師的到來，令人反思什麼叫「接收」、什麼叫「撤退」，而這之中，臺灣人是什麼？

有人說她寫的是兒童文學，我個人並不完全認同，兒童讀者未必能讀懂她所經歷的過去，不過兒童時期記憶力超強，若能閱讀，就會形成一個重要的、存在腦中的資料庫，將來必有可以連線的機會，進而能理解嶺月的時代。

嶺月寫的不僅是兒童文學，對我而言，是以文學手法書寫的臺灣歷史。

推薦序

那個並不久遠的年代

陳怡蓁
趨勢科技文化長

我的媽媽、阿姨、舅舅他們生活在日治下的臺灣，上學說日文，回家學漢文。要跟自認高人一等的日本同學競爭，就得拼命的把不是母語的日文，學得像天生就會。家裡的長輩，卻又堅持不忘本，漢語不僅要能運用自如，還要讀詩詞經史。至於母語臺語，不必教，就可以說得呱呱叫。然後臺灣光復了，他們的漂亮日文，變成外國語言，要從頭學習國語注音，臺語是不能在學校亂說的禁忌。

他們經過戰亂，躲過空襲，吃過青蛙與番薯籤粥，在國仇家恨中艱難的尋找認同，卻成為臺灣經濟起飛的主要貢獻者，也讓臺灣相對於中國大陸，成為自由民主的基地。那是我的父母一輩，距今不過七八十年的光陰，其實並不久遠。

嶺月女士是我的二姨，比我母親小四歲，光復時期，姊妹先後就讀彰化女中，考入臺北女子師範學校，成為第一批教授國語注音的教師。她們姊妹的情深，真正非比尋常，從小到老從未遠離，人生路上總是攜手同行，互相倚賴。我們兩家的表兄弟姊妹，自然而然常在一起，也是從小至今，親愛精誠，團結一心。

我母親丁清霜女士，在鹿港任教四年之後，嫁到南投集集的陳家，成為長媳。二姨則嫁給了我父親至交，鹿谷鄉的林惟堯先生。林家雖同為南投的大家族，家風卻與僅隔一水（濁水溪）之遙的集集陳家大不相同。

陳家投入政商，我祖父陳萬先生是臺灣第一屆省議員，父親陳希哲先生後來也投入競選，成為當時省議會最年輕的「五虎將」議員之一。陳家家規嚴謹，人脈廣闊，交際頻繁，我母親投入家務已經忙碌不堪，公婆的要求多，子女四人的活動多，夫婿雖然體貼，也無力減輕長媳的肩上重擔。

母親最羨慕的就是自己的二妹，能夠以筆名嶺月，經營自己的興趣與才華，成為知名女作家。二姨的婆婆開明，夫婿體貼，她是排行最小的媳婦，不必負擔太多大家庭的責任，把自己的五人小家庭，帶領得歡樂多彩，別樹一幟。

二姨活潑開朗，思想前進，文采斐然，在各大報家庭版撰寫專欄十多年，從不脫稿，篇篇又有新旨意。她的日文根基深厚，翻譯《父親》、《交換日記》、《鄰居的草坪》等多部日文小說，更著有《老三甲的故事》、《和年輕媽媽聊天兒》、《聰明的爸爸》、《快樂的家庭》等多部小說和散文集，著作等身。

我和夫婿張明正及妹妹陳怡樺一起創辦趨勢科技，二姨一路鼓勵支持，很關心我們事業上的種種發展，我喜歡跟她分享，說一堆趨勢科技的故事給她聽。她卻總是在我得意述說之後，沉下臉來，認真的問我「你的寫作呢？」總不忘叮嚀我「別忘了經營自己」。讓我頓時想起自己未竟的文學夢，無言以對。

二姨是身體力行的人，她才不管我有多麼忙碌，就是要帶著我參加女作家的聚會，讓我認識當時響噹噹的林海音女士、薇薇夫人、簡靜惠女士等，推薦我的文章，讓我增加作品發表的機會。我的寫作之路，因此順利展開，作品在《聯合報》家庭版、《國語日報》、《信誼基金會》陸陸續續出現，不至於完全絕緣。如果不是二姨的提醒與提攜，我想我會在科技的海裡迷航，找不到自己，也回不去藝文界。

一九九八年，大悲與大喜同時襲來，就在趨勢科技於日本風光上市的前一天，我們參加了二姨的告別式。我哭腫雙眼，心中默默告訴二姨「我絕不會放棄寫作的」。隔年，我出版了自己的第一本書，雖然是記錄趨勢科技的發創與成長，無關文學藝術，但我彷彿看見二姨欣慰的笑容。

今年字畝文化決定重出二姨的兩本書《鹿港少女1：一年櫻班 開學了》（舊版書名《聰明的爸爸》）與《鹿港少女2：再見了 老三甲》（舊版書名《老三甲的故事》），囑我寫序。每當我要提筆，讀讀、看看、想想、寫寫的時候，總不免百感交集，中斷為文。直到春節之後，出版社已經不能再等待了，不得不趕著交稿。我寫不出對二姨的感激與懷念，更道不盡心中萬千的感慨與遺憾。讀其文，彷若她還在，銀鈴笑聲猶在耳邊，殷殷叮囑，聲聲入耳。

我要感謝出版社的眼光與膽識，重新出版二姨這兩本代表作，讓後輩有機會認識那個並不久遠的年代，認識臺灣曾經走過的歲月，回味那個純樸堅忍的時代風氣。就像二姨給我的勇氣與自信，選擇自己的所愛去發展，相信這兩本書也能啟迪更年輕的一代，唯有認識自己，才能真正做自己；也唯有認識臺灣的歷史，才能真正愛臺灣。

推薦序

嶺月的「鹿港少女」成長二部曲

是傑出的兒童文學，也是可貴的臺灣文學

林武憲
資深兒童文學工作者

《鹿港少女1：一年櫻班 開學了》和《鹿港少女2：再見了 老三甲》是嶺月膾炙人口的自傳體小說，要以新面目和大家相見了，這真是二〇二〇年臺灣兒童文學界的大好消息，也是給少年、兒童的好禮物，怎麼說呢？容我先從嶺月這個人談起——

嶺月，本名丁淑卿，一九三四年生於鹿港書香世家，她的曾祖父是進

士，祖父是秀才，父親曾任小學校長。她小時候，和眾多親戚在「進士邸」（今丁家古厝）長大，丁家大門口，左右兩邊有石獅鎮守呢。一九四一年，嶺月就讀鹿港第一國民學校，接受日本教育，她十一歲的時候，臺灣光復。《一年櫻班 開學了》寫的是她的童年，從日治末期到臺灣光復那段政局大變動的時代故事。一九四七年，嶺月進入彰化女中初中部就讀，一九五〇年畢業，她初二時獲得全校作文比賽初中部第一名，她父親代取筆名「嶺月」。《再見了 老三甲》，寫的就是她在彰化女中三年的青春歲月、校園生活。

嶺月小時候愛哭、寂寞，常常挨罵，大人不了解她，喜歡自己靜靜的看書，特別是聰明孩子的故事、見義勇為的故事，像《一休小和尚》、《巫婆的糖果屋》等，因此養成愛動腦的習慣，也喜歡幫助弱者、伸張正義；她看的書，影響了她後來的為人處世。她說：「兒童讀物讓我在童年的歲月裡沒有懷疑、沒有徬徨，筆直的一條成長路，把我帶上平順而愉快的人生。就因為自己的整個生命，受兒童讀物影響這麼大，因此我重視兒童讀物，進而投入了兒童文學工作的行列。」

嶺月從臺北女子師範學校畢業後，教了幾年書，婚後為了好好照顧小孩、家庭，辭去教職，成為純主婦。一九六八年，她三十五歲，寫了一篇〈母姊會〉，在《國語日報》家庭版刊出，受到鼓勵，開始認真寫作，每天穿得整整齊齊，像上班似的，在書房裡專心的寫作。三十年裡，她為《聯合報》、《中華日報》、《國語日報》及《大華晚報》等寫專欄，每周一篇，持續十多年，集結成《跟小學生的媽媽談天》、《經營家庭不忘經營自己》和《妙媽媽 巧孩子》等書。散文、教育論述以外，她也寫少年小說、童話故事，還翻譯成人小說、少兒小說、童話，圖畫書，總數超過兩百冊。她的朋友說：「即使終年六十五歲，卻完成九十歲以上的工作量。」

嶺月曾創造臺灣的出版奇蹟，《老三甲的故事》出版時，上了《民生報》的頭版，一年內連印十一刷，後來又印了十幾刷。她譯寫的《好孩子和媽媽的圖畫書系列》，臺灣、日本同步出版，前六十冊，三年內臺灣銷售量突破一百萬冊，日本出版社還特地來臺致贈感謝狀和大紅包。她翻譯《鄰居的草坪》、《午後之戀》、《海的悲泣》和《父親》都曾改編成電視劇演出，譯作《巧克力戰爭》還拍成兒童電影，當年她可說是臺灣作品最暢銷、最受歡迎的作家。嶺月的努力，贏得很多肯定，如臺北市立師專傑出校友、彰女之光獎牌和文藝獎章。她逝世後第二年，第五屆亞洲文學大會頒贈翻譯獎，表彰她對亞洲兒童文學交流的貢獻。

再來談談「鹿港少女」這兩本小說的共有特色，包括：時空背景的特殊性，以及對少年兒童讀者的啟發性，不但讓親情、友情、手足之情……躍然紙上，大時代下的臺灣人的國族際遇、韌性與骨氣，更引人深思。

這兩本小說的時空背景，一本是一九四一年到一九四七年，一本是一九四七年到一九五〇年。從小學到初中，從鹿港小鎮到彰化大城，從戰爭末期到百廢待興的戰後。那時候，物資缺乏，社會動盪，人心不安。國人的身分，從臺灣人、日本人，變成中國人，在家說臺語，國校讀日文，「國語」從日語變成北京話。書裡還有臺灣人和日本人，本省人和外省人的種種互動問題，形成不少的插曲和事件。舞臺的主角，也從小女孩變成頭髮像西瓜皮的少女。舞臺上的角色，有兇惡的日本警察，可敬的日本女老師，《一年櫻班 開學了》裡有「清國奴」的一巴掌事件，有家裡的鐵欄杆被拆，鐵床被搬走事件。《再見了 老三甲》有講著南腔北調讓學生聽不懂的外省老師，有飯盒裡只有白飯拌鹽的同學，有天一冷就縮著脖子搓手心的老師，有不會說國語被解聘的本省籍老師，也有校長和老師被以匪諜罪名逮捕的白色恐怖。所以，這兩本書同時也是高潮迭起、動人心弦，反映時代、生活的歷史小說，為當時的臺灣，留下很好的見證，可以帶領我們了解上個世紀四十年代的臺灣。

《一年櫻班 開學了》（舊版書名《聰明的爸爸》）曾入選一九九三年好書大家讀年度最佳少年兒童讀物，《再見了 老三甲》（舊版書名《老三甲的故事》），曾被華視拍成電視劇《我們這一班》，又入選文建會「臺灣（一九四五——一九九八）兒童文學一〇〇」，因為不只是好看，也極富啟發性。老三甲這一班，不是乖女孩，她們會調皮搗蛋、捉弄老師，有勇氣抗議不講理的老師，會跟老師撒嬌，不為考試背書，愛看課外書，喜歡動腦筋解決問題，從愛現愛突顯自我，變成能欣賞別人、為人抬轎，有可以犧牲小我完成大我的團隊精神。她們會在廁所插花，會發明「愛心飯盒」，沒帶飯的同學也有飯吃，也會為貧困老師合織毛衣，讓老師驚喜，甚至集體展開救援被捕老師的行動，送別一去不返的校長……友愛、有正義感，從挫敗中改進等種種心靈成長的事蹟，實在令人感奮、難忘。

《再見了 老三甲》有一段寫出，少女淑惠怎麼從「小龍」變成「小蟲」，再「蛻變」成鳳的心路歷程，對讀者很有激勵作用。《一年櫻班 開學了》裡的小女孩小惠，從一開始的挫折自卑，因聰明老爸的化解，不再有「醜小鴨」的陰影，展現出「天鵝」的翅膀，也有同樣的效果。

嶺月是個有使命感、責任心跟教育愛的人，她大量閱讀的中外名著，以及父親的教導和家族的情境影響等，形成她的心靈和人格特質。她成長過程中的體驗、觀察、思考及發現所得，變成書裡的許多小插曲、小故事，再把使命感、教育愛，融入故事情節，讓讀者從字裡行間，從故事裡感受到濃濃的親情、手足之情、師生之情、同學間的友愛，還有臺灣人的志氣、骨氣、民主精神等，讓人哭，讓人笑，讓人激動，讓人回味無窮。

「鹿港少女」二書，是嶺月最重要的代表作，呈現她自我探索的生命歷程，是她情感、理念、思想的延伸，是她自我價值的實現，充滿了生命力和正能量。嶺月希望「借用文學的力量，來彌補教育上的盲點」。她希望「老三甲」一書，「能喚起大家對教育的省思，讓父母能思考對子女的教養有無過當」。至於《一年櫻班 開學了》，她說：「但願新生一代能多了解臺灣，進而更更愛咱們臺灣！」我相信，這兩本書的小讀者、大讀者，一定會有很多的共鳴與感悟。

來吧，來聽「鹿港少女」嶺月為你講故事，在嶺上的月光下。

代序 大時代裡的親情與友情

林宜和
旅日文字工作者

距今大約八十年前，即一九四一年初的彰化鹿港（當時稱彰化郡鹿港街），第一天上小學的小女生丁淑惠，第一節課就在學校尷尬出糗。這個令人訝異的序幕，導引出一連串以鹿港丁家為主軸的精彩的「鹿港少女」故事二部曲。由日治時代末期到臺灣光復的五年間，小惠從相信自己是「日本人」，到一夜之間變成「臺灣人」，生活內容和意識形態都發生鉅變。讀者隨著小惠經歷當時臺灣兒童的處境，也隨著小惠度過波瀾起伏的童年。

《一年櫻班 開學了》是母親嶺月的自傳故事，主角「小惠」就是她的化身。不過，在原序當中，母親強調這是小說而不是傳記。但是，故事的背景和許多事件，都是真正在她的童年發生的。故事裡聰明理智的爸爸，角色源自我的外祖父丁瑞乾。辛勞持家育兒的媽媽，有外祖母丁施梅治的身影。故事裡的丁家，原型是母親娘家，也就是鹿港書香門第的「丁家大宅」。

母親在《一年櫻班 開學了》裡，藉小學生的眼光，敘述大時代，將生活點滴和喜怒哀樂，轉化成一個個動人篇章。故事前半部描寫小惠受日本教育的上學經驗，穿插大家族熱鬧熙攘的家庭生活紀錄，表現兒童對時局一知半解，純真無邪的一面。後半部進入二戰末期，現實的戰禍開始降臨鹿港。逃空襲躲警報、缺糧斷炊、全國總動員……生離死別的恐懼，讓故事變得非常緊迫。當日本投降消息傳來，大人上街歡呼擁抱，小惠卻茫然失措，不知道「戰敗」為什麼要慶祝……

多年之後，在母親和阿姨、舅舅的閒談當中，也曾聽聞他們童年往事的片段。但是，直到看了《一年櫻班 開學了》我才明白，當年這個大家族，在殖民統治下，為了求生存和保持氣節風骨，曾經活得多麼光彩尊嚴，多麼隱忍委屈，又多麼撙節刻苦。不過，母親對殖民生活的描寫，並沒有失之偏頗。除了橫暴的日本警察，也有謙和的日本老師，顯現人性善良純真的一面。母親在故事當中，也不忘穿插當時鹿港的民俗傳統和臺日混搭的風物，十分寫實有趣。

事實上，我在睽違鹿港數十年之後，二〇一九年才二度踏入母親兒時的故居「丁家大宅」。這一棟以母親的曾祖父丁醴澄（字壽泉）為尊的「進士第」，已經列入彰化縣定古蹟，整理為清幽雅靜的觀光名勝。雖然人去樓空，母親也已離世，不免有些傷感，但是，在陳列室看見許多丁家文物，又在中央廳堂參拜丁家列祖列宗遺像，可以想像書聲琅琅的丁家子弟晚自習教室，及家族群集熱鬧的燒香祭祖情景。丁家子孫，如今散居國內外，在學術和事業上各有成就，也守住了脈脈相承的家風和遺訓。

《再見了 老三甲》是母親在臺灣光復後考上彰化女中，記述三年初中生活的自傳故事。青春期少女最要好的友伴是同學，度過最多時間的是學校。隨著成長階段的轉變，「老三甲」一書，有別於以家族為中心的《一年櫻班 開學了》，將敘事重點移往校園。

「老三甲」的故事背景是一九四〇年代後期的彰化女中，主角是由初一到初三都編入甲班，號稱「老三甲」的一群青春少女。這些半大不小的女生，拋棄從小學習的日文，轉而開始牙牙學語練中文。中文博大精深又口音複雜，從大陸來臺南腔北調的老師，令老三甲們困惑又吃驚，發生種種趣聞鮮事。

全書是由綽號「阿丁」的鹿港少女丁淑惠（也就是《一年櫻班 開學了》中的「小惠」），以第三人稱視點描述周圍的師長和同學。當年通過考試而匯集中部優秀子弟的彰化女中，有出自各種家庭和背景的學生。老三甲們最初互相猜疑忌妒，進而逐漸化解開懷，最後產生無可替代的團結心和友情。

故事當中，老三甲們與各形各色的老師交流，時而反抗時而作弄，既機靈又頑皮。但是，她們並不減對同班同學和對師長的關懷。給同學準備愛心便當及為老師合織愛心毛衣的經驗，都令人動容。當時臺灣光復未久，學校缺乏適當教材和國語標準的教師。學生卻受教導是「中國人」，被灌輸生硬艱難的中國史地等知識，難以消化吸收。但是，老三甲們的點子多，編排各種課外活動，自娛娛人，簡直令升學主義重壓下的後生晚輩羨慕。

只是，故事尾聲卻急轉直下。當時政治和社會局勢不安定，「白色恐怖」也波及學校，老三甲敬愛的導師和校長都遭牢獄之災。恐慌無奈又疑惑不解的老三甲們，在依依不捨當中，提前結束了初中生活，也失去期待的畢業典禮。

現實世界的老三甲同學們，在各奔前程多年後，因為共同凝聚回憶，敦促嶺月撰寫大家的青春時代而再度集結。「老三甲」的故事一九九一年問世後，在臺灣出版界引起轟動，佳評如潮，被譽為二戰後，臺灣最真實的社會紀錄。不但被《國語日報》選為最受歡迎的少年少女小說，也被《民生報》頭版和電視節目專題報導。母親因此獲頒「彰女之光」獎牌，這本書也成為彰化女中新生的必讀書。

由《一年櫻班　開學了》到《再見了　老三甲》，母親嶺月將她在動亂的大時代中度過的童年和少女時期，以平易的文筆，編織成精采的鹿港少女成長二部曲，留給我們珍貴的時代紀錄和個人紀念。

母親從小愛看故事書，丁家大宅豐富的藏書與得天獨厚的家教，不但培養她的文藝細胞，也令她一生熱愛兒童文學。母親畢生翻譯無數日本童書和繪本，每當她著手一本新書，就會在晚餐桌上，對我們比手畫腳說書中故事，笑顏天真爛漫。自我結婚赴日後，母親每回來日本大採購，並不是去百貨公司買衣飾，而是上書店蒐購新書。當母親創作《一年櫻班　開學了》與《再見了　老三甲》，已經是她短短人生的晚期了。兩部作品可說是母親畢生心血的結晶，傾注她寫作兒童文學的最高功力。

在母親逝世二十年之後，有幸邀請與母親生前交誼的文壇前輩小聚，席間提及嶺月舊作多已絕版，不無感慨。非常感謝字畝文化社長馮季眉女士，慷慨應允重新出版母親的鹿港少女二部曲，並構思了新的書名，讓這兩本書得以全新面貌問世。感謝母親譯寫兒童文學的最佳拍檔，即名家曹俊彥先生，為新版繪製封面和插畫。承蒙詩人兼兒童文學研究者，也是母親彰化同鄉的林武憲先生，賜稿批評指教。有幸邀請作家表姊，也是丁家後代的趨勢科技文化長陳怡蓁女士，撰文共襄盛舉。由於父親林惟堯和姊姊林宜平傾力協助，才順利取得二冊書的版權。許許多多感情和盛意，都包含在這兩部重新面世的作品當中。

希望嶺月的這兩本兒童文學代表作，永留後世，相傳不息。更希望這兩部為曲折坎坷的近代臺灣，留下珍貴歷史見證的作品，能幫助我們撫今追昔，更關愛自己的家鄉。

作者序

我的「老三甲的故事」

嶺月

寫於一九九一年

這是四十多年前的真實故事，舞臺是當時具有七十年歷史和優良傳統的中部名校——彰化女中。當時學校採行能力分班，甲組的人都很神氣，尤其初一甲組，更是一個很特別的班級。

她們個個好勝又好強，剛開始的時候都絞盡腦汁想突顯自己。後來發現人上有人天外有天，便開始團結，全力發揮團隊精神——因為共同爭取到的團體勝利與榮譽，照樣能滿足每人先天的好勝心。

她們調皮搗蛋會作弄老師，她們有膽量對不講理的老師表示抗議。不過對好老師很尊敬也很敢撒嬌，還會跟老師玩「給老師意外驚喜」的遊戲。

她們不為考試死背書，但個個都愛看課外書。她們好挑戰不畏競爭，囊括全校各項比賽的冠軍是她們的最愛。

她們有犧牲小我完成大我的偉大精神，個個都肯為別人抬轎。她們唱自編的啦啦隊歌：「嘿唷嘿唷，不坐轎的人抬轎，把初二甲的選手抬上世界最高的聖母峰！」

她們之間很友愛，要哭要笑一起來。她們發明「愛心飯盒制度」，沒帶飯的人也有飯吃。

她們過分自信，變得高傲目中無人，引起別班的反感，甚至有幾班還聯合起來對付她們。結果第一次嘗到挫敗滋味，那天她們哭得好慘好慘。

後來一位新導師一百八十度的改變了她們。大家猛然發覺：原來她們欠罵不欠誇！全班愛上了這位愛訓人的導師。這位導師有什麼魔力呢？還有，「老三甲」的稱號是怎麼來的呢？請看書中的故事吧，她們的初中生活可真精采了呢！

四十多年後，她們在不同的領域都有各自不同的好成就。有一位成為國內一家知名大企業公司的董事長夫人，這就是她發揮老三甲的抬轎精神，為家族企業抬轎獲得的榮譽頭銜。更有好幾位為丈夫抬轎，獨挑養家育子的重擔長達八九年，讓丈夫到國外深造，結果當了人人羨慕的名專家學者的夫人。還有好多位正在為媳婦抬轎——幫忙媳婦照顧幼兒，讓高學歷的媳婦繼續工作，儘量發揮所學與所長。她們愛屋及烏，愛兒子愛孫子也愛媳婦。她們都是家境富裕的貴婦，卻寧願放棄享受，充當吃力的保母，就是要把孫子教養得比別人健康優秀。她們除了愛心之外，骨子裡仍然殘留著好勝好強的老三甲精神。

最難得的是不管為家族、為丈夫、為子女或為媳婦抬轎，每個人都不忘力爭上游，努力經營自己。有人當律師，有人當教授，也有人當中學校長。當純主婦的也大器晚成，每個都有專精和特長。儘管初中時不用功，不肯背書，但大家愛絞腦汁，因此腦筋都被訓練得很靈活。尤其愛看課外書培養起來的閱讀習慣，不但使自己每天看書，每天成長，更影響孩子也愛看書。老三甲的子女都很優秀。學士、碩士、博士有幾個數也數不清，光是醫生就有十幾個。這恐怕不是把考試成績當做「能力」的教育做得到的。

這本書能完成，是當年的老三甲團隊精神在四十年後的再度發揮與呈現。如果不是大家肯為我抬轎，提供我點點滴滴的回憶，甚至提供屬於個人的辛酸往事，我怎麼能有這麼多寫作素材和靈感，組織成有故事性和可讀性的少年小說？我很感激老三甲人永續不斷的友愛和合作精神。

（編輯附註：本書沿用作者嶺月為舊版寫的序文，唯將標題換新。）

出版者的話

這麼生動好看的兒童小說，推薦給所有兒童——
它帶我們認識有骨氣的臺灣人

字畝文化 編輯部

嶺月是臺灣上個世紀臺灣最重要的兒童文學家之一，翻譯過很多暢銷書，例如《代做功課股份有限公司》，連現今小學生也看得津津有味。她與林海音、潘人木、林良等人齊名。不同的是，前三位的童年都在大陸度過，而嶺月卻是土生土長的臺灣人！

更精確的說，她是鹿港丁家（和辜家隔鄰，卻是進士第）的後代。

在《鹿港少女1：一年櫻班 開學了》、《鹿港少女2：再見了 老三甲》這兩本具有自傳色彩的兒童小說中，嶺月以童稚的眼睛，觀察、紀錄了臺灣人如何走過大時代的變遷——從日治皇民化時期到光復，再從光復後到解嚴之前——在這段時間裡，少女小惠（嶺月的化身）從小學到初中，逐漸體會她的長輩們從臺灣人變日本人，再變成了中國人的矛盾心境。

類似主題的書寫，在成人的臺灣文學中有不少，但往往讓人讀來沉重。可是嶺月的小說卻像《窗口邊的小荳荳》，充滿純真與正能量。她反思時代，卻不帶怨恨，而是傳承了長輩的智慧來激勵我們：儘管社會不斷變動，不論別人說你是誰，只要堅定自己，我們就是個最有骨氣的臺灣人！

這樣的小說，寫出臺灣人最普遍的共鳴，難怪曾經是最暢銷的兒童小說之一。此刻讀來倍覺意義非凡，因為如今的我們，也處在時代的轉變當中，正在創造自己和下一代的歷史。

因此，我們略為調整這兩本小說的書名，讓它們更能吸引現代小讀者。

但除此之外，我們竭力保存原本就十分精采好看的小說文字。當然，某些內容或情境，由於時空背景轉變，現代小讀者可能不易理解，我們便用閱讀補充包「**時代這樣改變，真好！**」加以說明。更邀請了國寶級插畫家曹俊彥老師，來詮釋小說的人物與情境。

誠摯希望，所有的臺灣人都應該讀這兩本小說，而且應該要推薦給身邊所有的兒童！它們不僅有意義，而且好看得讓人停不下來。

小惠長大了，她考上了有名的女中，而且還被安排到最神氣的「甲班」，同學都暱稱她「阿丁」。每個進入甲班的女生都以為自己最厲害，沒想到人外有人，她們從一開始的爭強好勝，拼命突顯自己，後來在一連串事件中，逐漸團結起來……

「鹿港少女」系列第二部曲，描述在農業時代和動盪時局中，因為政府的「反共」政策，讓原本純樸的校園失去了平靜，甚至少女們的求學之路也面臨中斷。當生命受到錘鍊時，這些大時代底下的弱小女孩們，還能夠走出屬於自己的璀璨道路，做個神氣的老三甲嗎？

目錄

目錄

緣起

「嗨，好久不見，有什麼新鮮事沒？」一群年近六十的老同學，不定期的召開「老三甲同學會」。她們是畢業於彰化女中初中三年甲班的同班同學。為什麼叫「老三甲」呢？因為升高中以後很多人不同班了，而且也有人去讀師範學校。所以打從那時候起，她們就稱初中時同班的人為「老三甲」同學。

「心欣，你那三個醫生兒子現在在哪家醫院？」大家最喜歡談心欣的兒子。因為她的三個兒子同年考上醫學系，成為地方上的大新聞。「怎麼樣？要不要他們三兄弟同一天結婚？」因為其中兩個是雙胞胎，上面的哥哥晚一年重考。所以巧妙的三兄弟同時上了金榜。老同學們都說心欣最有成就。

「不要說我啦，人家阿丁才真正有成就呢！怎麼樣，最近有沒有新作品？」

阿丁一笑：「有啊，寫了幾篇我們初中時代的調皮故事。」

「什麼？有沒有帶來？」清碧好緊張。她搶過剪報，一目三行的瀏覽完後，猛舒一口氣說：「好哩佳哉（臺語：幸好）沒有使用真名，否則我這老媽就露出狐狸尾巴來了。」

她是「老三甲」最調皮的，綽號叫「皮蛋」。她說：「你們知道我在兒子面前是怎樣一個媽媽嗎？一板一眼，方方正正，管教孩子可嚴格的。」

的確，皮蛋是變了。因為她嫁入一個非常保守的大戶人家，變得一副矜持穩重的貴夫人模樣。她說：「幸好我那兩個老實的兒子，不知道他們的老媽學生時代調皮不用功，否則怎麼肯乖乖補習？我都騙他們說，我是最用功的模範生呢。」

她很心疼兒子生在升學競爭劇烈的「補習時代」。不過她是「人生勝利組」，她的兒子一個內科一個牙科，兩個都是醫生，我們都叫她「醫生媽」。

「翠薰你呢？狀元女兒博士學位拿到了吧？」

「嗯，快了。因為結婚生子耽擱了一下，大概快拿到了。」

翠薰的女兒是曾經轟動一時的「大專聯考」自然組女榜首。「老三甲」聚會，總會說起她的「狀元女兒」。

「欸，聽說在澳洲的素娥，女兒是生化博士，在雪梨大學當教授。兒子專攻心臟內科，快拿到醫學博士學位了。真不簡單耶！」

「奇——怪，我們老三甲的子女好像都很優秀耶，可是，我們是出名的調皮搗蛋，不用功……，怎麼會教出肯用功的子女呢？」

「調皮媽媽會整孩子。我們的孩子被我們整乖，也整聰明了。」

「我看遺傳也有關係吧。我們那一班可以說是『資優班』。想想看，當時臺灣中部只有兩所女中，能考上的，個個是中部的菁英。入學後又加以能力分班分到甲班，當然是資優班呀！」

「別笑死人好不好？我們考的是什麼入學考試？當時臺灣才光復沒多久，我們國語不會講，國字也沒認識幾個，能考出什麼名堂呢？還不是靠運氣考上的。」

「才不是運氣呢！我們考的不是學力測驗，而是智力測驗。應試者同樣從光復那年開始學中文，誰都沒受學前教育或家庭文化背景的影響，大家都是從同一個起跑點出發，我們會造句，會寫『我為什麼要投考彰化女中』的作文，看得懂算術應用問題問什麼，也會答常識考題。雖然考試很簡單，但有能力寫考卷，而且寫得比別人好，就證明我們比別人強呀！」

「說的也是。大家不惡補，不惡性競爭，照樣能考出實力。當時我們那不像考試的考試，考出來的結果倒是挺客觀的，考取的哪個不是小學時候的佼佼者？」

「我們的福氣不止是不用補習，還能照著自己的興趣和特長自然發展。

瞧我們班上最好勝又好強的龍頭當了律師，最愛看小說的倩玉成了社會學博士，喜歡音樂的佩芬、惠芬可以進修音樂，喜歡地理的小惠當了中學地理老師，喜歡英文的當了英文老師，喜歡畫畫的開繪畫教室，喜歡寫作的變成作家，嚮往當修女的變成教會女中校長……哇，我們老三甲真不賴啊！」

「還有做事細心又有耐心的賽英，成了製藥廠的管理部經理，安安靜靜喜歡美術也喜歡看古書的美玉，大學畢業後到故宮博物院工作，有愛心的翠華和芬芬相偕到盲啞學校教書，隨夫到日本定居的彩鳳教日本人煮中國菜，竟然成了中華料理專家，出了幾本健康食譜都很暢銷，她自己也保養得健康苗條令人羨慕呢！還有，為教育孫子開辦私立幼稚園的！……哇，數也數不完。我們老三甲真是人材濟濟，做什麼像什麼，當老師的當然是優良教師，當純主婦的都教出傑出的優秀子女，協助丈夫創業的，更有輝煌的成績。你們知道嗎？婚後跟著丈夫到美國加州闖天下的如惠，聽說發大財了，擁有龐大的企業。我們老三甲的同學去找她，都可以免費住她經營的高級旅館呢！」

「哇！不說還不知道我們老三甲的厲害呢！可是，四十多年前我們讀初中時，書是怎麼讀的呢？是不是有什麼因素，影響了我們後來的人生？」

「書本上的學問，因為聽不懂外省老師帶鄉音的國語，也看不懂半文言的地理、歷史課本，我們根本沒學到什麼；我們天天嘻笑瞎鬧，但參加班際活動都很熱心，把我們的團隊精神發揮到最高點。記得嗎？我們因為輸球而全班掩面大哭，為合唱比賽保養喉嚨，賽前不敢大聲說話，不敢吼叫。為了幫助我們的臺柱主唱者潤喉，我們全班四處打聽，研究提供各種祕方……。」

「真的，現在回想起來好幼稚、好可笑。不過當時培養起來好勝好強的精神，以及為取勝而動腦筋想方法的思考習慣，比課本上的學問還可貴而有用，不是嗎？」

「更可貴的是合作與友愛，互相不排擠、不嫉妒，誰都有表現自己，服務別人的機會。真正的各盡所能，不能當主角就幫人抬轎，誰也不計較。有這樣的人際關係觀念和修養，就是促使我們在往後的成人社會，不管是家庭的夫妻關係、親子關係和親戚關係，或是社會的同仁關係、同業關係、朋友關係等，都能與人和諧相處，得到最好的人緣與幫助，所以我們的人生都很順利、很快活，不是嗎？」

「對對對，我們學到的是成熟圓融的為人處世方法，以及鞭策自己不落人後的好強習性。比起只顧埋頭死讀書，我們受的才是真正的活教育呢！」

「寫嘛！寫出來給大家參考，阿丁，把我們老三甲的故事寫出來，不管是好事或壞事，我們都願意提供資料，也願意當你筆下的丑角。相信你的讀者一定喜歡看的。」

「這，……好吧！」阿丁一口答應，墜入四十多年前的回憶裡……。

「阿丁」是淑惠的雅號。她憶起初一的時候，某天是因為公民老師一句話，掀起了全班互取雅號的熱潮。這又是另一段故事了，老三甲的故事真是太多太多了。

1

狼狽的新鮮人

阿丁考上彰化女中一點兒也不意外。因為爸爸不准她報考第二個學校。爸爸說：「如果考不上，就去學燙髮好了。報考要報名費，赴考也要交通費，我們家哪有那麼多閒錢？」那是非常殘酷的激將法。別的同學每人至少報考兩個學校，女中考不上，還有家職或縣立初中可以讀。只報考一處，萬一落榜就會真的沒有學校可以念。因為當時的社會重男輕女，女孩子落榜的話，不會有重考的機會，沒考上的真的就要去學裁縫，或在家學做家事等嫁人了。

阿丁戰戰兢兢準備考試，學校沒幫她加強，她就自己給自己補習。每天背常識問答題——臺灣最高的山是玉山、中國最長的河是長江、陸地上最大的動物是……。阿丁很用功，因為她非考上不可。

考試那天阿丁好緊張。爸爸說：「你考不上誰還能考上？國字都還認識不到幾個，能考你們什麼？不過是智力測驗罷了。日本書能讀好，證明你的頭腦不壞，考頭腦，沒問題啦！」

果然考題很簡單，班上前三名功課好的都考上了。

入學那一天阿丁好興奮，因為讀初中和上小學有太多的不同。本來走路只需五分鐘的上學路，變成要走十五分鐘路去搭火車，上了火車還得坐四十五分鐘才到達彰化，然後再走七八分鐘才能進校門。

為這長遠的上學路，阿丁每天早上五點以前就得起床，開始趕趕趕。如果趕不上六點開的火車，下一班要到七點才開，到學校時第一節課都要下課了。所以第一天要上學，阿丁就好緊張好緊張。

前一天晚上，她把家裡唯一的鬧鐘上好發條擺到媽媽枕邊。媽媽說：「不行，會把小妹妹嚇醒，她醒了我就沒辦法幫你做便當。放心好了，媽不會睡過頭的。」小妹妹才兩歲，被嚇醒準是哭鬧個沒完，阿丁知道這個「險」冒不得。

「那就擺在我自己的枕邊吧！」雖然媽媽說一定會叫醒她，但她不放心，因此把鬧鐘抱到自己房間。然後把明天要穿的制服、鞋襪和書包，全準備好了才安心上床睡覺。可是她卻翻來覆去的，怎麼睡也睡不著。她怕萬一鬧鐘故障不響，媽媽又睡過頭，因此悄悄下了床，潛入媽媽的臥房偷偷把窗簾拉開，想著至少能讓媽媽被陽光晒醒。回躺到床上想一想又起來，她怕明早時間太趕，來不及換衣服，因此脫下睡衣把制服穿好了再上床，又把學校規定要「邊分」的頭髮夾緊了，才安心闔上眼，等待睡神的降臨。

阿丁深怕睡皺裙子，因此不敢翻身，直挺挺的躺了好久好久，不知什麼時候才睡著。

第二天早上被媽媽叫醒。「咦，鬧鐘真的故障沒響？」阿丁好驚慌。

「你爸爸半夜裡起來，幫你關掉的。」媽媽嘀咕說：「你把鬧鐘撥在四點，不怕把全家人吵醒？」她突然叫起來：「你怎麼穿制服睡覺？看你把裙褶都睡皺了快快快，脫下來讓媽媽幫你重新熨一熨，第一天上學怎麼可以這樣邋遢？你這丫頭，嘖……」媽媽直搖頭。

提起制服，那可真夠惱人的。白襯衫深藍色裙子配白鞋白襪，雖然簡單，但裙子是十六褶裙，熨平了整齊好看，弄亂了見不得人。當時的布料沒有尼龍成分，不但容易皺，褶層也容易散開，要保持平整筆直的十六褶，實在不簡單。加上裙子不能有吊帶，小女生身材沒曲線，裙腰勒得再緊也會一直往下掉（因為裙子太重）。所以穿上新制服固然神氣，但一邊走一邊提裙子，樣子也夠狼狽的。

頭髮問題也很麻煩，因為學校規定髮型要「邊分齊耳」，不可留瀏海。當時的小學生幾乎千篇一律理娃娃頭，一排短短的前髮要拉到一邊梳成邊分的髮型，還必須用一根又一根的髮夾硬把它夾住。問題是沒燙過（學校也規定不許燙）的頭髮滑溜溜的，怎麼夾也夾不牢。當了新生的阿丁，就這樣匆匆出門，邊走邊拉往下掉的裙子，還要一摸再摸，確定邊分的頭髮有沒有夾緊。

到了車站，距離發車時間還有半個鐘頭。車站內沒幾個人。有一對父女坐在候車室的長條板凳上盯著阿丁直看，阿丁也上下打量那女孩，穿的新制服和自己的一樣，不過樣子比自己更土，因為裙子太長了。而且皮膚好黑，一看便知道是從鄉下出來的。不過一雙黑亮的眼睛大又漂亮。阿丁想：鄉村小學能考取彰化女中，這女生準是個天才兒童。

那位父親走過來，笑瞇瞇問阿丁：「你也是今年考上彰化女中的吧？這是我女兒李素娥。如果能同班，你們就有伴了。」

阿丁看看李素娥，覺得奇怪：「可是，你怎麼帶這麼多行李？有棉被也有皮箱？」

「噢，她要住校。我們家在窟底寮，騎腳踏車要四五十分鐘才到車站，

售票

太遠了。」

「真好，住校一定很好玩。」阿丁打從心裡羨慕。「我叫丁淑惠，住的也不近，走路要十五分鐘才到車站。」

就這樣，阿丁第一個認識的新朋友是李素娥。兩人上了火車以後東張西望四處看，偶爾回過頭相對笑一笑，顯然藏不住心中的雀躍。因為從小到大，她們沒坐過幾趟火車。阿丁想到此後要天天坐火車上學，怎不興奮呢？

到學校一進門，就看到新生的分班名單上，阿丁和素娥的名字排在一起，同樣是甲組，兩人高興得幾乎跳了起來。李伯伯說：「你們倆真有緣，希望你們能成為要好的朋友。」

「會的，我們會成為好朋友。」阿丁忙回答。因為兩個跟她一起考上的小學同學都被分到不同班，她正愁沒有熟朋友呢。「素娥住校，以後要寄什麼東西給她，託我帶好了。」

李伯伯帶素娥去辦理住校手續，阿丁一個人去找一年甲組的教室。看到教室裡一群人圍著在談笑，好像不是她認識的朋友，阿丁怯生生的一個人坐在角落，靜聽她們的談話，原來她們是彰化民生國小畢業的。那是間很有名的明星女校，每年考取彰化女中的就有上百個。打從日治時代開始，彰化女中就是民生國小畢業生的天下，難怪一個個趾高氣揚，不把地方鄉鎮來的「土包子」看在眼裡。阿丁坐在角落裡當然沒人理她，幾個跟她同樣孤單的新同學互相偷看，誰也沒勇氣先上前開口打招呼。幸好沒多久就響起鈴聲，宣布新生集合，便在大禮堂開始新生訓練。

2 笑什麼笑？莫名其妙！

「校長來了！」有人偷聲喊。

「欸？是女的耶！」阿丁好驚訝。在她的觀念裡，女人除了當媽媽之外，頂多也只能當幼稚園或小學的老師，怎麼有可能當中學校長呢？

然而事實擺在眼前，她是校長沒錯，她上臺了。

女校長穿一件藍布旗袍，臉上沒化妝。短短的西瓜皮髮型好怪好怪，而且戴一副厚片眼鏡，胖又壯的身子，看起來很有威嚴。

「原來外省人長這樣。」阿丁心裡裡這麼想著，兩眼盯著臺上的女人直看。因為她在鹿港只聽人家說有很多外省人來臺灣，但真正的外省人她還真的沒看過呢。

校長兩手交握在腹前一擺，再把垂垂的大胸脯往上一托，很大聲的說：「狗胃銅銹，近天……（各位同學：今天……）」

「咦，她說的國語……怎麼跟我們學的不一樣呢？」阿丁疑惑的看左右同學的臉，這才發現每位新同學都同樣露著疑惑的表情。

「聽不懂耶。」素娥悄聲對阿丁說。兩人集中精神準備認真聽，沒想到校長突然冒出一句「大家不要睡『懶覺』*……」霎時全場爆出笑聲。

校長推推眼鏡，睨視著臺下說：「叫你們不要睡『懶覺』……」一句話沒說完，全場又「嘩！」的爆笑起來，而且笑得比第一次更厲害。校長回頭看她背後兩位男老師，那兩位老師搖搖頭，表示不知道大家笑什麼。她只好楞楞的站在臺上等大家笑夠了，才自言自語般嘀咕著說：「笑什麼笑？莫名其妙！」

臺下的新生們忍不住，一個傳一個悄聲說：「外省女人好粗野喲，怎麼敢講『那個』，而且講得那麼大聲。」

一個同學噓一聲說：「人家不是講髒話，是叫我們不要懶惰和不要『愛睏』的意思啦！」原來她聽得懂國語。後來才知道她是在北平上過小學的臺灣人，光復後才跟著父母回臺灣的。

校長致完詞以後，接著是她背後那兩位男老師致詞，原來他們是教務主任和總務主任，都是外省人，還有一位女的訓導主任也是外省人。他們每個人說的國語腔調不一樣，有的聽得懂，有的不容易聽懂。大家半猜著聽他們訓話，雖然沒有完全聽懂，但知道每位主任的意思大概都是叫新生要遵守校規，要努力讀書做個好學生。

第四節回教室，甲組的導師來跟大家見面，是曾經在東京留學的年輕女老師，教「博物（自然科學的一種）」的。她跟學生一樣不太會講國語，所以上臺就跟大家講臺語。

閱讀補充包／時代這樣改變，真好！

睡懶覺，國語是指「白天裡睡覺或早晨晚起賴床」的意思。但是在不諳國語的臺灣孩子聽來，「懶覺」二字與臺語的男性生殖器的發音相同，聽得又驚又羞。

好在這種語言隔閡已經漸漸消融，現在國中小學已提供多元族群的母語課程，以及促進多元文化理解的教學。

她說：「我比你們大不了多少，就把我當你們的大姊姊好了，有什麼事都可以來找我。你們都是從不同的地方來的，現在請大家先自我介紹，說清楚自己的名字，再告訴大家你是從哪個地方的哪個國小畢業的。等全部介紹完，請大家推選一位臨時班長。」

「我的名字叫做黃麗慧，是彰化民生國小畢業的。」

「我的名字叫做李春美，是員林中山國小畢業的。」

輪到阿丁了，她大大方方站起來說：「我的名字叫做丁淑惠，我是鹿港鎮鹿港國小畢……」一句話還沒說完，全教室爆出大笑聲。阿丁看看裙子又摸摸頭上的髮夾，不知道大家笑她什麼。接著又有幾個從田中、清水、豐原、大甲等地來的同學做完自我介紹，輪到李素娥了。她不慌不忙環顧教室一開口：「我的名字叫做李素娥……」「嘻……」有人發出偷笑聲。李素娥噘噘口水繼續說：「我是鹿港鎮的鄉下一所叫……」不等她說完，大家不約而同的發出笑聲。其中有一個人說：「鹿港腔，好好笑哦！」

阿丁這才明白，剛剛大家笑她的，就是與眾不同的濃重鹿港腔。過去她一直不知道鹿港人說話，腔調跟別地方的人不一樣，還以家鄉鹿港是「一府（臺南）二鹿」的文化古都而得意。作夢也沒想到她身為值得自豪的鹿港人，竟成為大家取笑的對象。她心裡著實不甘心，因此學著校長，在嘴裡偷偷罵了一句：「笑什麼笑，莫名其妙！」

自我介紹完，要選臨時班長了。可是，要選誰呢？阿丁想一想，坐在最後一排那位個子很高的長得很漂亮，而且兩句公式化的自我介紹詞之外，她還多加了一句：「請大家到通霄來我家玩！」可見她很大膽，一定比任何人都能幹。因此毫無猶豫的投了她的票，她叫黃彩鳳。

開票結果，黃彩鳳當選了。原來大家的想法大概都跟阿丁一樣，所以她得票數相當高。沒想到教室裡出現一股怪怪的氣氛，等不得下課鈴響，民生國小畢業的那班人就在互相比手勢，下課後要在外面蓮霧樹下集合。

「我們母校的老師是怎麼交代的？我們民生畢業的占全班人數一半以

上，為什麼『班長』會落到別人手裡？」

「下星期還有股長的選舉，我們是不是先來分配一下，……」

遠遠的，阿丁聽到「民生集團」在蓮霧樹下開會。她已經知道下星期的班級幹部選舉，會選出些什麼人了。

回家時阿丁一路走一路嘆氣：「唉……從今以後，我這鹿港最大國小畢業的『小龍』，就要變成彰化女中的『小蟲』囉。」她很洩氣也很不甘心。

想起過去六年的小學生活，她一直都是老師疼愛、同學擁戴的一條龍。選上班長不用說，很多比賽，都是她代表班上去參加，去爭取光榮的冠、亞軍。遊藝會的時候，她一個人出場好幾次，同時在四五個舞蹈節目裡扮演主角，為了換穿不同的舞衣，她在後臺可是忙得團團轉，一會兒被這位老師拉過去，一會兒被那位老師拉過來。低年級演的歌劇，也是由她當主角，老師們常爭著要借用她，她不但自己學得很快，還會教別人呢，她真是低年級老師的好助手。

臺灣剛光復那陣子，學校處在半停課狀態，因為老師們不會教中文書，而且也沒有課本可以教，最常上的是算術課和體育課，學最多的是團體遊戲。後來為了要修建戰時被空襲炸壞的禮堂和教室，學校會舉辦遊藝晚會向家長募捐，因此排練遊藝節目便成了學校的重要課程。

阿丁從小被認為有舞蹈方面的天分，自然被老師們器重和喜愛。她在舞臺上大出風頭，真正羨煞了全校沒機會化妝、穿舞衣的女生們。

現在呢？她的光榮事蹟全成為歷史，一夕之間她由雲端掉到地面。爾今爾後，她要在一個新的世界，充當一名沒沒無聞的小人物，忍受別人的奚落、嘲笑……。

「不！」她突然大叫一聲，在心裡告訴自己：鹿港腔引人發笑就少說，要盡快學會說國語。別人嫌我土，我就想辦法在服裝儀容方面多注意些。還有，上課只聽講不發言，暫時保持緘默。不過，筆記簿可以儘量寫得整齊漂亮些，我就不信小蟲不會變回小龍！

想通了以後，阿丁的腳步輕快起來，走進家門時聲音已經好開朗：「我回來啦！」

「怎麼樣，第一天上初中，習慣嗎？」媽媽關心的問。

「嗯，好新鮮，好有意思。我們校長是女的耶！」

「哦？她跟你們說什麼？外省話，聽得懂嗎？」

「不太懂，而且……好噁心！」

「怎麼說呢？」

「她說，她說不要睡……哎呀，反正很難聽，人家不敢學啦。」

「不敢學？到底說什麼呢？」

「她說，她說，好大聲的說……嘻嘻嘻……」阿丁自個兒笑個不停。

「神經病。」哥哥白她一眼。阿丁說：「『笑什麼笑？莫名其妙！』你可以這樣罵我。這是我今天新學的一句國語，我來教你好了。」

3 住校生的「淑女」遊戲

第二天早上五點半到火車站。「咦，你怎麼回來了呢？」阿丁好驚訝，因為住校的素娥出現在候車室。她的眼睛有點腫，好像昨晚哭過的樣子。

「我不要住校！」素娥堅決的說。「昨天傍晚在學生宿舍吃過晚飯，要洗澡的時候我看到……我看到……我好害怕，就逃回來了。」

「啊？所以你坐末班車回來的？然後，摸黑走路回窟底寮的家？」

「嗯，到家裡裡已經晚上九點多了。」

「你爸媽怎麼說？」

「他們以為我想家才逃回來的，一直勸我要忍耐，說過些日子習慣了就會好。其實我不是想家，是……我討厭住校。你都不知道，住校好可怕哦！」

「可怕？什麼意思？」

「我怕上級生、怕上廁所，還有最怕最怕的就是洗澡。」

阿丁不懂素娥在說什麼，反問：「上級生都很疼愛下級生，宿舍廁所都很乾淨，澡堂很大很明亮，而且有用不完的熱水，不是嗎？」

「火車來了，等上車我再慢慢告訴你好了。」

兩人上車以後，在角落裡找到適當的座位便開始聊起來。素娥說：「宿舍裡裡規矩好多，高我們一學年的要叫某某姊姊，高我們兩學年以上的要稱呼「御姊様」（日語：尊貴的姊姊大人）。在任何地方碰到她們都要行禮。忘了行禮，馬上會遭指責或被瞪眼，還會被批評沒禮貌……」

「你聽誰說的？」阿丁不相信，因為這實在太荒唐了。

「昨天中午回宿舍吃午飯的時候，同寢室一個叫翠華的告訴我的，她姊姊已經住校兩年，把所有規矩都先告訴她了。後來室長也告訴我們要那樣做，所以翠華說的全是真的。」

「她還說了什麼？」

「她說，在走廊上碰到上級生，除了要行禮之外，還得趕快讓路。如果在洗手臺前遇到，當然要讓上級生先。上廁所出來時如果外面有人等著，不分上級生或同級生，都要趕快行禮道聲歉說：『對不起，讓您久等了。』還有……」

「嘻嘻嘻……挺好玩的嘛！好像在演戲。」阿丁忍不住笑起來：「像玩遊戲一樣挺有趣的，有什麼好害怕的呢？」

「才不好玩呢！我昨天一天就出了好幾次洋相。我在洗手臺前面看到一名個子高高的女生。我趕忙想讓她，沒想到她也想讓我，兩人讓來讓去的，突然被後面一名個子矮矮的人怒喝一聲『還不快讓開！』原來她才是真正的上級生。我們讓開以後，她還回頭罵我們神經病呢。」素娥滿臉委屈，嘀嘀咕咕說：「脫下制服，沒有標誌我怎麼知道誰是同級生，誰是上級生？把『御姊樣』叫成『姊姊』，也會挨罵的。」

「還有呢？還出了什麼洋相？」

「最可笑的是上廁所。翠華告訴我說，上廁所動作要儘量快，否則讓外面的上級生等太久，會被批評目中無人。」她忽然嘻嘻笑起來說：「所以，我進去以後就使力，『嗒！』的盡快了事，盡快出來。沒想到等在外面的一位『御姊樣』卻瞪我一眼說：『那麼大聲，沒教養！』……」

「哈哈哈！」不等素娥說完，阿丁就大笑起來：「那她，那位『御姊樣』自己上廁所不會弄出聲音嗎？」

「好像不會耶！」素娥說：「我被罵得不甘心，所以特地站在外面等著要聽她會不會弄出聲音，可是什麼也沒聽到。後來聽到她推門要出來的聲音，我才趕快逃開。」

「傻瓜，那是上大號不是小號，當然沒有聲音呀。」

「不是大號，因為她一會兒就出來了。而且翠華也警告過我，說上小號不要上出聲音，要學做『淑女』。」

「不上出聲音？怎麼有可能呢？」阿丁想一下說：「這事我們慢慢研究吧。還有呢？洗澡有什麼可怕？」

「那是最可怕的。想想看，那麼明亮又那麼大的澡堂，大家脫光衣服……哎喲，羞死了。」

「有什麼好害羞的？大家都是女生，全都一樣嘛。」

「才不一樣呢！反正，你不知道啦！」

「為什麼我不知道？你想我沒看過已經發育的女生胸部是不是？跟我們的媽媽一樣嘛，媽媽給小妹妹餵奶，我每天都看，沒什麼啦，遲早我們也會變成那樣的。」

「我說的不是胸部。是……是下面……反正你不知道，『御姉樣』她們……她們……哎呀，人家不敢說了，反正很難看！」

「快告訴我，她們怎樣？不要賣關子。」

「嗯……好噁心，難看死了！我很怕我們以後也會變那樣。」

「那樣是怎樣？不要愈說愈玄好不好？神祕兮兮的，不告訴我就不是好朋友！」阿丁裝出生氣的樣子。

「好好好，告訴你。」素娥把嘴湊到阿丁耳邊，不知說了一句什麼耳語。阿丁「咦？」一聲，癟癟嘴說：「長鬍子？真的嗎？」隨即兩人笑啊笑的，愈笑愈大聲。旁邊一位剛認識的隔壁班同學好奇的挨過來，問她們笑什麼。

阿丁說：「對不起，她不敢說，我也不敢說啦！」說完又跟素娥相對，嘻嘻嘻的笑個不停。

「笑什麼笑？莫名其妙！」那位同學說著，也笑起來。她笑自己應用了昨天剛從校長那學來的俏皮國語。

三個新生都感覺初中生活好「鮮」，今天到學校，不知又有什麼新鮮事會發生？

4 市內生・通學生・住校生

聽不懂也得聽，是很有效的強迫教學法。滿禮堂不太懂國語的新生，乖乖坐著接受新生訓練。第一天阿丁感到很吃力，因為師長們的訓話，十句裡面只聽得懂兩三句，其他的就得猜著、揣度著去領會話意了。

沒想到第二天就感覺輕鬆多了。因為耳朵已經漸漸習慣各種南腔北調的國語了。上午第三、四節是音樂課，由音樂老師教唱校歌。雖然歌詞有很多是不會讀的生字，但隨著老師的領唱，也能唱得大聲又響亮。下了課要吃便當時，大家有說有笑。心情一開朗，就想認識新朋友了。

「嗨，你是住校生還是通學生？我是市內生，黃心欣。」

「通學生。」

「哪一線的？」

「鹿港線。」

初一甲組有六個住校生，十多個通學生，其他的全是市內生。市內生每天走路或騎腳踏車上學，坐火車上學的屬於通學生。通學生又分山線、海線、鹿港線及和美線（山線和海線坐縱貫鐵路的大火車，鹿港線和和美線坐糖廠的五分車）。中部各縣市、各鄉鎮，都有人每天坐火車到彰化女中上學。住家離火車站太遠，沒辦法每天趕車的，就得住校，到了週末才能回家。

阿丁是鹿港線的。她好羨慕市內生，沒想到市內生黃心欣卻說：「好羨慕喲，你們通學生每天都可以坐火車。」

阿丁噗嗤一聲笑起來說：「我們交換好不好？為了坐火車，每天早上五點鐘就得起床，傍晚回到家，天都黑了。我都不知道以後什麼時間可以寫家庭作業呢！」

「可是，我們走路上學，跟上小學沒兩樣，一點也不新鮮。」

素娥走過來了。心欣說：「嗨，你是住校生是不是？好羡慕哦，離開家跟一大群朋友住在一起，一定很好玩！」

「我們交換好不好？」素娥說：「那種鬼地方，剛進去住的新生沒有一個不哭呢！」

「為什麼？」心欣不了解，但阿丁了解。她萬般同情的問：「那，你今天怎麼辦？要不要再逃回去？」

「不洗澡如果能忍受，我就住下。可是天氣這麼熱，不洗澡太難受的話，我就逃回去洗。」

「荒郊野外走一兩個鐘頭的夜路你不怕，卻怕在明亮的澡堂裡跟大家一起洗澡？你這人太古怪了。」

「什麼？大家一起洗澡？」心欣叫起來說：「要是我，我也不敢。我看這樣好了，放學後到我家洗澡，我家離學校很近，走路五分鐘就到了。」

「好，我真的要去哦。因為我雖然不害怕走夜路回家洗澡，但是第二天早上我爸爸又得四點多就起床，用腳踏車載我到火車站，村子裡的人會說我不孝的。」

才第二天，大家就熟了。尤其能交到心欣那樣熱心想幫助的朋友，阿丁很為素娥高興。可是，還有一個問題沒解決呢。

午休時間，阿丁拿兩隻杯子，玩著半杯水倒過來倒過去的遊戲。鄰座的秀賓探過頭來：「嗨，你在幹什麼？」

「我在研究，怎麼樣倒，才不會倒出聲音。」

「不要直接倒，淋邊邊讓它順著杯子內側慢慢流，不就沒有聲音了嗎？」「嘿，你好聰明哦！」阿丁好興奮。她飛奔跑到宿舍，抓著素娥倒水給她看。

學生宿舍
閒人莫入

素娥笑著說：「哦，原來你還在替我擔心上小號的問題呀？謝謝，謝謝你的關心。」

素娥住校的難題都解決了，阿丁拍拍她的肩膀說：「快點適應，別再逃回去哦！」

5 小龍變小小蟲的悲哀

沒幾天，阿丁跟全班同學都熟了。在談話中，阿丁發現市內生的常識豐富，國語也比地方鄉鎮來的通學生和住校生講得好。其中一個叫翠薰的很大方，每次老師問話，她都搶先第一個回答，而且都是用國語回答。聽說她是民生國小演講比賽第一名，畢業成績也是第一名。阿丁聽到有人喊她「龍頭」。

「龍頭，你的裙子好挺喲！」

「料子不一樣呀，這種料子叫ㄒㄧㄝ˙ㄌㄨ（斜紋嗶嘰布），有錢也買不到，是用我媽的嫁妝裙改的。」

顯然她的家境也很好。阿丁偷偷看她的全身衣著，髮夾也跟別人不一樣，是黑漆不會生鏽的外國貨。漿（用粉汁或米湯浸洗）過的白襯衫熨得很平，一定是送洗衣店熨的。而且左手腕上還戴一隻錶，不是一般人戴的粗大男用錶，而是精巧秀氣的女用錶。阿丁很想扳她的手過來仔細瞧瞧，但她不敢，因為她怕別人笑她「土包子」。

事實上，她早已發覺自己很「土」了。因為鹿港是個純樸的小地方，怎能跟繁華的彰化市比？彰化市有好幾條商店街、百貨行、文具店、食品店等，賣的東西也都很高級。住彰化市的市內生，穿的、用的、吃的，都跟鄉下地方的人不太一樣。就拿包便當來說吧，市內生不是用很漂亮的鑲花邊手巾包，就是裝在有刺繡或貼布繡的漂亮小提袋裡；從鄉下來的通學生，則多半用報紙隨便包一包，頂多也只用普通的大手巾包，哪像城市人那麼講究？書包、鉛筆盒等文具用品也大不一樣。鄉下人不分男孩女孩，用的多半是素色的，而且也比較粗糙；城市人卻好像男生女生分得很清楚，女生用的書包較小，不是大花布或絨布做的，就是有滾邊、有繡花的，全都有美麗的色彩，還有女生專用的鉛筆盒，不但小巧精緻，盒蓋上還有漂亮的圖案。阿丁很羨慕，但也只敢偷偷看著欣賞，不敢東問西問的露出「土」相，因為她很愛面子。

阿丁愛面子是很自然的事，因為在鹿港讀小學的時候，成績好，家境也算不錯，一直是同學們仰慕的「人上人」。她不驕傲，但心裡也有幾分優越感。沒想到在鄉下享慣了的優越感，到了城市卻變成自卑感，真正是「小龍變成小蟲」，她感到很傷心、很悲哀。不過她天生的好強個性，讓她不願輕易向現實低頭，因此選擇視若無睹，裝出不稀罕的表情。她才不願被人看出心中的自卑呢！

「龍頭，我們要跳什麼舞，決定了沒有？」

「如果人數夠，我們就跳『天鵝湖』。」

聽到她們在談迎新會的表演節目，阿丁咬咬嘴唇，眼眶差點又紅起來。那是上星期六的第四節課開級會時選的，選出參加迎新會節目要跳舞的人。本來阿丁想，跳舞是她最拿手的，她是鹿港國小最會跳舞的舞蹈明星，迎新會上大可以露一手了。作夢也沒想到導師第一句話就問：「學過芭蕾舞的舉手。」

阿丁幾乎不敢相信自己的耳朵。什麼叫學過芭蕾舞？那不是西洋電影裡面外國女孩才會跳的舞嗎？踮著腳尖跳，穿的是一種特製的、可以豎著腳走路的舞鞋，白紗舞衣短短的，撐開的裙子下擺往上翹，像一朵盛開的百合花。那種舞衣、那種舞鞋，我們臺灣有嗎？如果沒有，能跳什麼芭蕾舞呢？

可是有人舉起了手。阿丁奇怪的看舉手的人，有五個民生的市內生，一個豐原的住校生。

導師又問：「誰會編舞？」

「謝翠薰！」民生的異口同聲喊。

「好，那就由謝翠薰負責。你們要自己找時間趕快練習。午休時間或降旗以後的時間都可以。沒問題吧，謝翠薰？」

「沒問題，老師您放心好了。」

下課後，阿丁迫不及待的問一個市內生：「她們真的學過芭蕾舞？」

「是啊。家裡比較有錢的都去學。本來我媽媽也要讓我學的，可是我爸爸說學跳舞沒有用，不給我繳學費。」

「繳學費？」阿丁更糊塗了，「學校老師教跳舞，要學生繳錢？」

「不是啦，人家是『葡萄會』的，不是學校老師啦。你不知道啊？我們彰化有一個『葡萄會』很有名，老師叫陳滿什麼的，她從小就在日本東京學芭蕾，臺灣光復以後才回來的。」

「葡萄會？」阿丁在嘴裡念著，突然意會過來：「哦，你是說日語的『舞蹈會』？日語『舞蹈』和『葡萄』同音，我以為可以吃的葡萄呢！」

「你這人，怎麼會想到吃的去了呢？」兩人都笑開了。

阿丁又問：「你的口才真好，臺語、日語混合著講，國語也講得比別人好，是天生的語言天才嗎？」

「不是啦，我媽媽是日本人，我在家多半講日語。國語嘛，因為我們家隔壁最近搬來一戶外省人。那位外省太太要跟我媽說話，都要找我翻譯，所以也常常講國語。」

「哦，原來如此！」阿丁終於解開了心中的謎題，她一直想不通，為什麼市內生比通學生、住校生國語講得好，原來是因為彰化市有不少外省人。聽說家裡開百貨行的淑姿和開電器行的美雪，放學後都在店裡當翻譯，幫父母招呼外省顧客。她們生活在不能不說國語的環境裡，當然學得快，進步也快呀！哪像鄉下地方，連看都沒看過外省人，根本沒有機會找人練習說國語呢。

「天呀，原來城市文化跟鄉下文化差距這麼大！」阿丁在心中自言自語，萬般無奈的告訴自己：「可憐的小龍不只變成小蟲，簡直要變成小小蟲囉……」

那天降完旗，小小蟲沒有急著到火車站搭車回家，她想看看練舞的同學，怎麼跳芭蕾舞。

她趴在窗邊偷看音樂教室裡練舞的同學。

「哇！真的穿芭蕾舞鞋耶！跟電影裡看到的一模一樣，都踮著腳尖兒在走碎步……」小小蟲好驚訝。仔細一聽，龍頭在喊口令：「一、二，單屈膝飛跳！碎步往後退退退……排成一橫列。排好了，一、二、三、四、五、六，往前分腿坐下！兩臂由左右兩邊慢慢舉，舉舉舉舉……舉到頭頂上，慢慢放下，放放放放……頭看左手指尖……」她一邊做著示範動作，一邊提醒大家說：「別忘了舞蹈會陳老師告訴我們的，動作進行時不要忘了配合呼吸，這樣舞蹈才有生命，才能感動觀眾……」

阿丁猛吸一口氣，隔著玻璃也跟著練舞的她們試做深呼吸，然後豎耳繼續竊聽，只聽龍頭嘴裡念念有詞，什麼「扒屎多 X」、「阿拉伯丘 X」、「哭蘭恰 X」、「皮肉 X」（這些舞步的專有名詞是法語：① Pas de chat（貓躍），② Arabesque

Penchée（傾斜阿拉伯姿），③ Grand Jeté（大投躍），④ Pirouette（軸轉）），聽也聽不懂，好像外國語喔。不過看她們一會兒抬腿一會兒踢腳，向右側跳一下，向左側跳兩下的，還有靜止的優美姿勢和前挺、後挺，又旋呀轉呀的，顯然她念的是每個舞步的外語專有名詞。阿丁看得眼珠子差點沒掉出來，真正看傻也看呆了。

想起自己過去跳的舞，只是隨著音樂擺動身子，扭來扭去的，哪有什麼專有名詞？「好幼稚，好可笑哦！」小小蟲在心中大聲嘲笑自己。

笑著笑著，眼眶紅起來，她為小龍變小小蟲，深深感到悲哀。

6 小蟲翻身

為了偷看學過芭蕾舞的同學練舞，阿丁坐了比平常晚一班的車回家。這班車沒有多少乘客，車箱裡裡空盪盪的。阿丁選了一個沒人的角落，縮著身子，坐著看窗外，她發覺車窗外的景色驟然間變了。昨天看到田裡工作的農人，好像每一個都在笑，怎麼今天看到的每一個都愁眉苦臉，好像都在嘆氣呢？

「可憐的鄉下人！」阿丁忍不住輕嘆一聲，讓吹進車窗的強風不停的撲打她的臉。

「咔噠，咔噠……」，車聲很單調，天色漸漸昏黑，沒有燈光的車箱幽暗起來。阿丁楞楞的望著窗外往後飛逝的一根根電線桿，不禁思索起來。

她想，為什麼通學生看起來都土土的？

她看看身上皺皺的裙子，又看腳上髒髒的白鞋，忽然想通了一件事：「對，這就是通學生的標誌——裙子不挺，鞋子不白。

可是，這並不是我們邋遢，而是因為我們穿制服的時間比市內生、住校生長。我們要趕路、要擠車、要坐車，衣服才會被擠皺，鞋子才會被踩髒，通學生好辛苦喲！」

可是，怨嘆有什麼用？趕快想補救辦法最要緊。她想著想著，想到一個好點子，下了車就迫不及待的半跑著趕回家。

一進家門換下制服，阿丁就把裙子的十六個疊摺一摺一摺整理好了，平放在兩張舊報紙中夾起來，然後小心翼翼將它平鋪到晚上要睡的墊被下面。心裡想，每天睡覺時躺在上面壓一個夜晚，裙子一定平整的像剛熨過一樣。這方法太棒了！鞋子呢？拿一根白粉筆，把被人踩髒的污點擦一擦，就像剛刷過一樣，又白又乾淨。「哇！阿丁好聰明哦！」她在心裡自誇自叫，為想出好點子而興奮。

「好了，儀容整潔不用自卑了。下一個步驟就是把筆記簿寫好一點。噢，不，不是好一點，而是必須寫得比別人好很多。」阿丁在心裡自言自語，給自己打氣。她埋頭認真寫，不滿意就撕掉，從頭再謄一次！

自己能對自己滿意，就能快樂。阿丁肯定了自己以後，整個人變得有自信，樣子也變得活潑了。上學時走路蹦蹦跳跳，遇到熟人就點頭，主動先向人打招呼。到了學校，上課也很專心。初中的課，她感覺最有趣的是每一科會換一位老師，而且上音樂課有音樂教室，美術課也有美術教室，上體育課時還得換體育服裝呢！讀小學的時候，級任老師是包班制的，每一科都由級任老師一個人教，而要上音樂課時，班上會選出個子較大的同學到老師辦公室，合力把風琴抬到教室，下完課再把它抬回去，有時候同一節課有兩個班級要用風琴，還會搶來搶去發生一場風琴爭奪戰呢。

現在不同了。上課一天換五六位老師，換幾個不同的教室上課，體育服裝換上換下，中午在校園樹下吃便當……阿丁作夢也沒想到初中生活如此新鮮有變化呢！

不過，看不懂的課本卻叫大家頭痛。記得第一堂上國文課時，老師叫大家翻開第一頁。說：「第一課，〈秋——聽說你已來到〉，好美好美的抒情文，老師念給你們聽。」她推一下眼鏡，搖頭晃腦開始念：

秋，聽說你已來到！

算日子，你也該到了！我已感到了你清涼的呼吸，溫慰的撫摸；汗珠兒收了，芭蕉扇藏了，夏布衫換上了夾衫，精神上解脫了蒸熱的窒息。

我知道你一定來了，可是你在哪裡？

我推窗找你。哪兒有一些影蹤？眼前的，紅牆上排著黑門；地下，一道石板路；頂上，豆腐乾大小一方天。跟著鞋跟往外尋。平直光亮的柏油路，車兒在中間奔，人兒在兩旁擠，這是都市中有史以來沒有斷過的水流。我從小見慣，沒有變過，哪兒有你？

到底，你在哪裡？

我到戲場舞廳中找，我到茶寮酒肆中尋，各處都擠滿了人頭，可沒有一個知道你。詫異偌大個都市，竟不認識我們偉大莊嚴的秋！我給你叫冤抱屈；只想找你傾吐……

老師看看臺下一張張傻楞楞的臉，問大家說：「怎麼樣，很美是不是？」沒有人回答。突然有個什麼人冒出一句：「好像很美，可是……我們不太懂耶！」

老師笑著說：「是不是我念太快了？還是不懂意思呢？」

「老師，請用臺灣話解釋給我們聽。」

「會的，我會解釋給你們聽。」老師很和藹，她姓廖，是臺灣人，好像四十多歲的樣子。曾經在日本住過，也到北平讀過大學。聽說家學淵源，從小就在家裡接受漢文教育，因此漢文的根基也很好，不但會說標準國語，還會賦詩作詞，是一位很有學問也很有氣質的女詩人。

老師很有耐心的用臺灣話解說文章裡所要表達的意境，但是形容半天，大家還是似懂非懂的，搞不清什麼叫「聽說你已來到！」到底是聽誰說的呢？更讓我們感到莫名其妙的是，為什麼要到戲場舞廳中找、到茶寮酒肆中尋？當然找不到呀！難道「秋」不是秋季的意思，而是一個人的名字？……大家真是被這一課的課文搞糊塗了。

老師看著教室裡一張張迷惘的臉，搖搖頭笑著說：「太抽象了，小孩子當然不容易了解。」她翻翻書頁，忽然說：「這樣吧，我們先上第十六課〈落花生〉，請大家翻開第六十二頁。」老師開始念：

〈落花生〉

我們屋後有半畝隙地。母親說：「讓它荒蕪著怪可惜，既然你們那麼愛吃花生，就把這塊地開闢出來做個花生園吧。」我們幾個姊弟都很喜歡——買種的買種，動土的動土，灌園的灌園；過不了幾個月，居然有收穫了。

媽媽說：「今晚我們可以做一個收穫節，也請你們爹爹來嘗嘗我們的新花生，如何？」我們都答應了。母親把花生做成好幾樣的食品，還吩咐這一個節令要在園裡的茅亭中舉行。

「怎麼樣？聽得懂嗎？」老師停下來問。

「懂！」全班同學齊聲回答。聲音好大好響亮！

就這樣，老師不按課本的前後次序教，教完許地山寫的〈落花生〉以後，緊接著教朱自清的名作〈背影〉。老師用非常感性的聲調一句一句慢慢念，全班被感動得幾乎掉下眼淚。阿丁第一次感受到文學之美，下完課以後，她繼續坐著癡癡發呆，一次又一次的回味咀嚼課文裡裡的動人詞句：

「……在晶瑩的淚光中，又看見那肥胖的，青布棉袍黑布馬褂的背影。唉！我不知何時再能與他相見……」

她打從心裡愛上「國文」這門課，也深深愛上了國文老師──廖老師。為了討好最最敬愛的國文老師，阿丁寫國文作業簿時特別特別用心，讀後感寫好了覺得不滿意，便整頁撕下來重新寫。第一次交的作業，要發還那一天，阿丁好緊張。她看老師抱著一大疊簿子走進教室裡裡。

老師說：「大家都寫得不錯，尤其上面這三本，字寫得工工整整，像印刷的一樣，而且感想寫得很好，我擺在這給你們輪流過來看，這樣寫才能得甲上。」

老師沒說那三本是誰的，阿丁一顆心怦怦跳，恨不得馬上衝過去看。偏偏她的坐位在第四排，老師叫第一排的先站起來，走到前面去看。

「欸，淑惠淑惠，你的耶！」素娥大聲叫。緊接著有人喊：「還有一本是魏碧連，一本是張雪黛的。」大家回頭看阿丁她們三個。沒想到背後傳來竊竊私語：「怎麼三個都是草地（鄉下）來的，不是民生的呢……。」

阿丁一怔，一張臉莫名其妙的紅了起來。她看臺上的老師，老師也正看著她，而且笑瞇瞇的臉好像在誇讚她，阿丁樂得快要瘋了。

下課後，大家搶著要借阿丁她們三個的筆記簿去細看。驟然間阿丁成了班上的風頭人物，她忽然想：「我這小小蟲，是不是開始翻身啦？」

那天放學回家時，阿丁一路走一路在心裡高喊：「唷嗬——小蟲翻身了，小蟲翻身了！」

7 花招百出只為稱王

自從阿丁她們三人的國文筆記簿受到老師誇獎以後，全班同學抄寫任何科目的筆記簿都非常用心。有一天，數學老師發下數學作業簿的時候，大聲讚嘆說：

「看你們班的作業簿真是一大享受，甲組果然是甲組，就是不同，每一本都寫得整整齊齊，幾乎沒有一題是錯的。尤其賴美女和黃秀賓兩人，不但寫得整齊又沒有錯誤，還自動提前寫到下兩回的作業了。可見她們兩人對數學有濃厚興趣，等不得老師教到那，已經自己先研究，提前預習下一個單元了。下課後你們可以借她們兩人的作業簿看看。對於她們兩人的用功精神和表現，老師準備在學期結束時，給她們的數學平均分數多加兩分。」

「哇，好好哦！」全班回頭看她們兩人，大家都好羨慕。阿丁想，初一甲這個班級真是不同凡響，好像每個人都有兩把刷子，只是還沒有機會「露」出來罷了。

果然，沒多久，各項專才紛紛出籠了。

上美術課時，魏美玉的瓷瓶鉛筆素描，畫得跟美術課本上的示範圖幾乎一樣美。

老師把它高高舉起來，說：「你們看，用心畫就可以畫得這麼好。學畫要注意觀察，畫出明暗部位，才能顯出立體感，尤其投影的角度不要弄錯，魏美玉這一張可以當大家的範本……」老師的話還沒說完，大家回頭看美玉，美玉從此成為了初一甲的「美術之王」。

另外，英文老師說碧湘的英語發音最好，她便成為「英文之王」。會認五線譜的則是「音樂之王」……只要課堂上老師稱讚某幾個同學幾聲，那幾個人便會被認為是那一門課之王了。

有一天，公民老師上課前點完了名，忽然長嘆一聲說：「唉，真可憐，沒有一個好聽的名字。」他是擔任我們課的少數外省老師之一。

全班同學嚇一大跳，異口同聲問老師：「我們的名字不好嗎？」

「是啊，什麼秀呀、月呀、玉呀、美呀、麗呀什麼的，全是ㄚ嬛的名字。」

「啊？」全班張嘴，感到很意外也很失望。有人不服氣說：「老師，總有一兩個不錯的名字吧？告訴我們，我們班上誰的名字最好？」

老師拿起點名簿，瞄了一眼說：「嗯……雪黛、如賓，還不錯，欣欣、津津，兩個字連著叫起來好聽的，也還可以……。」

大家好羨慕被稱讚的幾個，但也開始不滿意自己的名字。在男女平等意識剛抬頭的那時候，女孩子最恨被稱為ㄚ頭，更不能忍受自己有個像ㄚ嬛的名字！

下了課以後，班上的智多星清碧說：「我們給自己另外取個名字。人家國父不是名文，字逸仙，號中山嗎？一個人可以有好幾個名字呢！」

「好好好，我們自己取個可愛的名字。」大家都贊成。

阿丁想一想說：「兩個字不一樣的不容易取，我們就取自己名字裡面的一個字來連著叫，譬如玉珍就叫珍珍，麗玉叫麗麗，倩玉叫倩倩，挺簡單的，而且聽起來很可愛。」

「嗯，好主意，我叫秀秀。」秀玉搶先說。她問阿丁：「淑惠淑惠，那你呢？」

「我叫……我叫……，叫阿丁好了。」

「咦？挺可愛的，而且有點像男孩子，那不正是你喜歡的風格嗎？以後我們就喊你阿丁！」

阿丁的稱號就是這麼來的，從那天以後，沒有人叫她淑惠，全班阿丁阿丁的，沒幾天就喊習慣了。

其他的同學只是鬧著好玩，一陣熱潮過後，就又恢復本名，而不互喚雅號了。不過為了那陣子取雅號，有位同學婉真被尊稱為「國文之王」，因為她隨口能糾正大家。例如佩珍叫佩佩不好，因為她說：「佩佩跟呸呸同音，那是唾棄罵人的話。還有碧連叫連連也不好，聽起來像憐憐，太不吉利了。姜姜也不好，因為孟姜女是中國歷史上的苦命女人，而且姜跟殭同音，那是殭屍的殭，……」婉真確確實實有學問，大家連最起碼的國語都不太會講，她卻懂得這麼多，大家都佩服得五體投地，以後有不會講的國語或不會讀的國字，都爭相請教她。

體育課更有各門各類之王。跳高跳最高的是跳高之王，跳遠也有跳遠之王，還有鏢槍之王、壘球之王、單槓之王、籃球之王、跳箱之王、快跑之王、翻筋斗之王、跳繩之王、鐵餅、鐵球之王及體操之王……，每一項目都有技藝特別高超的高人。

不知什麼時候，「民生集團」的勢力已經消失得無影無蹤，大家都忘了誰是城市人，誰是鄉下人，而只知道誰是某一方面的強人。

最有趣的是，除了課業上和操場上有各種令人敬佩的「王」，在小技藝上有特殊表現的人也很風光。例如黃秀珠很會畫彎眉、大眼配小櫻桃嘴的可愛娃娃臉，大家便排隊請她「賜畫」一個，貼在鉛筆盒上，或掛在書包上。黃春美看到了，馬上拿起彩色鉛筆，畫呀畫呀的，畫她最拿手的卡通小動物，自己製作一張漂亮的書籤。「哇！好美哦！」同學們一聲讚嘆，便擁過去請她幫忙畫一張。

家事課剛學的繡花，也突顯出幾個手特別靈巧的針線活高手。同樣一針上一針下的繡，有人繡出來的針腳整整齊齊，有人疏密不均，線路愈繡愈歪。幾個功課很好的自認頭腦不笨，拿針線卻笨手笨腳，怎麼用心也繡不好。除了羨慕手巧的人之外，也不能不承認「人上有人，天外有天」，有誰還敢隨便驕傲呢？

淑娟最好玩了，她說：「你們每個人都有專長，我怎麼能沒有？來，繡線打結沒耐心解『線結頭』的統統拿來，我是『解線結大王』，免費給大家服務！」

「真的？你真的這麼好心呀？」大家好驚訝，也很感激，因為繡花最討厭也最麻煩的是，繡到一半繡線打結拉不動了。沒耐心解線結，就得把線扯斷，重新再開始，如此拉來扯去容易把繡布拉皺又弄髒，怎麼繡出好成績呢？因此這裡一聲「拜託！」那邊一聲「拜託！」都搶著要淑娟幫忙。

有一次導師無意中看到，笑著說：「呵，你們的服務股長真偉大，服務項目還包括幫人解線結，無所不包嘛！」

導師說的沒錯，淑娟是偉大的服務股長，就因為她喜歡幫助人，所以大家選她擔任負責清掃分配工作的服務股長。

「我呢？我要在哪個領域稱王？」每個人都在想如何發揮自己的優勢。

有一天中午午休時間，騎腳踏車上學的黃麗玉，突然從校門口邊的停車場，把腳踏車牽到操場上，輕鬆愉快的表演起騎車特技來。只見她一會兒放開雙手，一會兒撒開雙腿，車速要快就快，要慢就慢，快起來好像在飛，慢下來幾乎靜止，但車子卻都不會倒，全班同學看得目瞪口呆，最後忍不住又呼又叫的給她拍手。不用說，她成為班上的「騎車之王」了。

從那天開始，大家熱衷練車。每天中午顧不得吃午餐，就急著排隊要借用麗玉的車子練騎。那個年代，腳踏車是十多歲孩子不容易擁有的奢侈品，黃麗玉那部車子雖然又破又舊，絞鍊還常會鬆脫掉下來，但大家視它如珍寶。麗玉肯借大家練，全班都感激她。

練車時大家輪流，一人騎兩人扶，把車扶穩讓騎者上車後，再從後面幫著推。可以放手的時候就偷偷放一下手，讓騎者在不知不覺中自己騎著跑。這樣一次兩次的，漸漸把放開手的次數和時間加長。不要幾天，就能自己騎了。學會騎車以後，更會騎得著迷，往往一圈又一圈的繞操場繞個不停，後面等著要騎的同學總大聲喊：「該換人了，你已經超過五分鐘了。」

「人家不敢跳，不會下車啦，快來幫幫我！」

常常幫忙的人未趕到，車子已經啪啦倒下來，車上人摔得好遠！等她匍匐著爬起來，兩頭膝蓋已經滲出血，傷口黏著黑黑的煤渣，痛得眼淚快滾下來。操場跑道鋪的銳利煤渣真要人命哪！

再說，五分鐘是怎麼算的呢？那是碧連借給大家共用的寶貝錶。當時手錶也是非常稀罕的奢侈品，小女生腕上能戴一個大大的男用錶，那可真神氣啊！碧連從腕上脫下來借給大家看時間，看的人不是拿著看，而是套到自己的手腕上舉著看。即使短短的五分鐘，能戴一下也挺過癮的。

阿丁跟其他大部分同學一樣，每天最快樂就是午休時間可以騎騎車、戴戴錶。有了這兩樣樂趣，感覺生活有生氣，精神快活極了。尤其跟阿丁最要好的素娥，學會騎腳踏車最開心了。她說：「以後我不用走一兩個鐘頭的路趕回家，騎車只要幾十分鐘就到了。」

「怎麼，你還是不肯住校？真差勁！」阿丁笑她。

「不是啦，很多很多原因，你不知道啦！」顯然她有什麼心事瞞著阿丁，難怪她情緒不太穩定，有時看她紅著眼睛，好像常哭呢。

8 不同的環境．不同的快樂

開學後兩個多月了，素娥仍為住不住校的問題苦惱著。

「好差勁哦，別人都已經適應了，你還動不動就逃回家。」阿丁取笑素娥。

「不是啦，我不是逃回家，是請外宿假回去的。我有不得不回去的原因。」

「嗨，素娥，昨天晚上你又回去了嗎？也不說一聲，害人家到處找不到你。」劉幸過來加入和她們聊天。她跟素娥同寢室，剛開始時，也是不敢洗團體浴，哭哭啼啼一直想逃回家。沒想到她適應得快，不到一個月，就住校住出樂趣來了。

她說：「阿丁，你不知道住校有多好玩。原先我以為住校如住地獄，現在才知道原來是天堂呢！」她得意洋洋的說：「我們抽籤，每人認一位高中部的學姊做乾姊姊，她們很會照顧乾妹妹，常幫我們洗被單、熨衣服，也會偷偷塞點心給我們吃。只是她們習慣說日語，有時候我們聽不太懂，她們就歉然笑著說，不是故意的，以後會注意不冒出日語。就為這件事舍監讓我們開會，訂出說日語要罰款的辦法，以後誰說話時無意中冒出日語，就要自己給自己罰款，把罰款投入自己寢室的罰款箱，等學期結束時倒出來買糖果餅乾，開個同樂會大家一起吃。這辦法大家都很贊成，以後再也不愁聽不懂別人說話了。」

「我的乾姊姊也對我很好，」素娥說：「她常幫我掛蚊帳，也會幫我梳頭髮。常問我有沒有不會寫的作業，如果有問題隨時可以問她。聽說她是高中部有名的數學天才。」

「還有，星期六最好不要回去，週末留宿學校宿舍，不用參加晚自習，大夥自由自在的聚在一起玩撲克牌或橋牌，最開心不過了！」劉幸說，她最喜歡玩「一二三」橋牌，因為玩法十分有趣，最先湊齊四張同數碼的人可以當領袖，隨自己的意思做任何怪動作，其他的人要緊跟著學做，跟得最慢的一個就要受罰。

她說，曾經有一次，一位當領袖的學姊變不出什麼怪動作，竟然跑進舍監的寢室，一把抱住舍監。其他的人當然緊跟著追過去，爭先恐後也學著她上前抱住舍監。害得舍監失聲驚叫，以為宿舍裡來了什麼強盜要抓她們呢！

劉幸說，舍監平時管教住校生很嚴厲，但是到了週末就完全變了一個人似的，跟學生們打成一片，嘻嘻哈哈像個可親可近的好阿姨。

阿丁聽得又羨慕又嫉妒，因為劉幸她們的舍監，就是阿丁最最喜歡的國文老師——廖老師。阿丁恨不得也能住校，因為這樣朝朝夕夕都能見到廖老師，不但可以親近她，還可以找她撒嬌呀。

劉幸繼續說，廖老師很善良，她知道週末不回家的，不是家太遠回不去，就是家計有困難，不能不節省來回交通費，所以週末不但給她們絕對的自由，還會帶她們出去逛街、請她們吃吃點心。週六晚餐也吩咐廚房特別給她們加菜。還有，大禮堂前面那棵大蓮霧樹結的果子，平時連撿都不能撿來吃，週末卻允許她們拿長竹竿摘，並用臉盆接，常常哐啷哐啷接半天也接不到幾個，頭上臉上卻被砸得流滿蓮霧汁，大夥笑成一團。自己摘的蓮霧，特別好吃！

心欣走過來說：「談什麼？笑得這麼開心？」

「她在炫耀，說住校有多好多好！」阿丁回答。

「我們市內生也不錯呀！」心欣說：「放學後，你們通學生急急忙忙要去趕火車，住校生也急急忙忙趕著要回宿舍去洗澡、洗衣服，只有我們市內生悠哉遊哉可以到圖書館看書，或是找音樂老師學彈鋼琴，我已經會彈《Beyer》裡〈獻給愛麗絲〉那首曲子了耶！」她的樣子好得意，阿丁不由得又羨慕起市內生來。

提起音樂老師胡老師，大家都會搶著說：「她長得好秀氣、好漂亮，我最喜歡她了！」

的確，她是初一甲組五十多名學生共同的「最愛」。她不會說臺語，是外省老師，但說話咬音清楚，速度也不會太快，因此學生們百分之百聽得懂。尤其她一身水色的藍布旗袍，素素雅雅很合身，臉上雖然沒化妝，但是白淨的肌膚好像會滲出脂粉的香味來。任誰看了都會喜歡。

初一甲的第一堂音樂課，胡老師教大家唱一首很有趣的歌，叫做〈傻大姊〉。

她，的確傻，鼎鼎有名的傻大姊，
三加四等於七，她說等於八。
哈哈，笑死了，同胞們想一想，

豈有此理，哪有此事，說鬼話！

她，為什麼傻，就是沒有受文化，受了文化再不會這樣傻。

她的確傻，鼎鼎有名的傻大姊，她說她九歲那年做媽媽。

……………

全班搖頭晃腦，大聲唱也大聲笑，萬萬沒想到上音樂課如此新鮮有趣，大家就更愛美麗的胡老師了。

胡老師說：「你們學得真快，以後每堂課可以教你們唱兩首新歌。你們很喜歡唱歌是不是？」

「是！我們喜歡，好喜歡！」

當然喜歡呀！阿丁真想告訴胡老師說：「我們讀小學的時候根本沒學到什麼歌，因為低年級時唱的是日本童謠，中年級時為了躲警報，學校一直處在半停課狀態，連書都沒得讀，哪來學唱什麼歌呢？臺灣光復後，大家不唱日本歌，但又沒有人會教唱臺語歌或國語歌，就這樣，在我們年少的生命裡，留下了一段沒有歌唱的空白。難怪我們渴望『學唱歌』，恨不得一夜之間，能學會天下所有的歌！」

胡老師不但愛學生，也了解配合學生的程度，她從簡單的民謠開始教，再一步一步教大家唱著名的藝術歌曲。如〈花非花〉、〈本事〉、〈踏雪尋梅〉、〈流水〉、〈飄零的落花〉、〈搖籃曲〉及〈採蓮謠〉、〈康定情歌〉……等等，全班唱得如癡如醉，下了課走回教室或走向廁所，都一路唱個不停。阿丁告訴同學們說，她連晚上睡覺都夢見在上音樂課，學唱好聽的新歌呢！

心欣說：「胡老師借我們一本鋼琴練習教本叫做《Beyer》，讓我們輪流抄寫。她說只要我們喜歡學，她要免費教我們，不但放學後可以找她學，星期六下午和星期天也可以找她。她就住在學校的教職員宿舍，隨時都能找到她。」

「免費？不好意思吧。」阿丁心裡嫉妒，因此潑她的冷水說：「要是我，我一定不敢去打擾人家。外面的補習班教人畫畫或學芭蕾舞，都要學費呢！」

「我媽媽說，等學期結束時，我們幾個出錢合起來買個有用的紀念品送她，這樣就可以了。」

「好了好了，住校生、市內生都有好處，只有我們通學生最倒霉了。唉！」阿丁長嘆一口氣，心裡著實羨慕她們，課後還有機會找自己喜歡的老師撒嬌。

那天回家時，阿丁一直想，通學生應該也有通學生的好處吧。因為廖老師曾經在課堂上說過一句頗富哲理的話。她說：「人世間的事，往往有好的一面也有壞的一面。能儘量往好的一面想的人，就是樂觀而快樂的人，悲觀的人只會往壞的一面想，不但自己不快樂，也妨礙自己的進步。」

阿丁崇拜她最最敬愛的廖老師，所以把她說的每一句話，都當聖經一樣銘記在心裡。「凡事應該往好的一面想。」她自言自語說著，努力想通學生的好處。可是，她想到的是通學生為趕車，每日早出晚歸，晚飯後直打瞌睡，幾乎沒辦法寫家庭作業，所以午休時間大家都在玩的時候，都得乖乖留在教室裡寫作業。準備考試要背書或溫書，也多半利用坐火車的時間，拿著課本晃來晃去的強迫自己集中精神去記、去讀。讀書讀得可真辛苦哪！

不過，坐火車通學的樂趣，也不能說沒有。例如跟男校的男生搶座位、搶車廂，也是挺刺激、挺好玩的。通常女生和男生在剪票口排隊等上車時，就自然而然的分成一列男生、一列女生。兩個剪票員同時開始剪票，前幾個最先走出剪票口的人，必須使出閃電般的快動作，搶車廂或佔座位。因為女生不喜歡上有男生的車廂，有女生的車廂男生也不好意思上去擠。尤其有座位的女生旁邊，男生不敢坐，男生有座位時，他的鄰座也絕對沒有女生願意坐。就這樣，男女壁壘分明，只要有個女生捷足先登上車，那一節車廂就全屬於女生的了。

阿丁因為動作敏捷不輸男生，常被推到隊前當先鋒，去搶最大也最好的車廂。大車廂搶到手以後，不分初中高中，彰化女中的鹿港線全體同學聚在一起，便開始唱起歌來。有位高中部的大姊姊歌喉很好，每次由她起音帶頭領唱，把共同會唱的歌全唱完了，就教學妹們唱新歌，如〈教我如何不想他〉、〈望鄉〉、〈紅豆詞〉……。不止齊唱，有時分組輪唱，或分高低音合唱，大家唱得十分陶醉，車子到了終點站，都忘了下車呢！

「嗯，通學的確不壞！」阿丁自我肯定，告訴自己說：「第一、有機會跟男生『鬥』，第二、有機會多唱歌，這是住校生和市內生所沒有的好處呀！高中部的學姊們也待初一的小學妹很親切，看我們頭髮亂了，會在車上幫我們解下髮夾，重新幫我們分線梳整齊。冬季制服換穿童子軍裝，頸上一條三角領巾怎麼打也打不好，每天早上到了車站，學姊們就把我們一個一個叫過去，幫我們解下領巾，重新褶好了再親自幫我們繫上去。」她想著想著，又常想到學姊們常常和藹的笑著說：「別忘了，我們是人人艷羨注目的『彰女族』，隨時都得注意自己的形象，邋邋遢遢的會丟『彰女族』的臉喲！」下車後走路到學校或是走路回家時，學姊們也會自動護著學妹們一起走，一邊走一邊提醒：走路要抬頭挺胸，不要東張西望，也不要大聲談笑邊走

邊嬉鬧。她們本身就是範本，小學妹們一邊走一邊上「淑女課」，大家都覺得自己長大，也變端莊、高貴而美麗了。

阿丁想到這，不禁興奮起來：「這麼多的好處，之前怎麼沒想到呢？好，明天也找心欣和劉幸炫耀炫耀，我們通學生也很快樂呢！」

9

向女權運動出發

「阿丁，假使你爸爸要娶姨太太*，你不答應，你媽媽卻答應，你該怎麼辦？」有一天，素娥沒頭沒腦，突然問阿丁這麼一句話。

「我不答應，我媽媽卻答應？……」阿丁搔搔頭說：「聽不懂耶，我不知道你在說什麼？」

素娥長嘆一聲說：「唉，都是我害的。我媽說為了我，她要我爸爸娶小老婆。我媽太傻了。」她又長嘆一口氣，很大聲的說：「告訴你吧，阿丁。我爸爸說，要為了女兒娶小老婆！」

「為女兒娶小老婆？……」阿丁更糊塗了，「喂喂，為女兒娶後娘我聽說過，可是為女兒娶小老婆，我不懂耶！」

「所以說啊，你說我煩不煩嘛！」素娥說她家離鎮上太遠，要坐火車上學的確不方便。自從她鬧著不肯住校的時候開始，她媽就有意在鎮上幫她租個小屋子，並讓她爸爸討個小老婆給她燒飯洗衣服。

「這……簡直是天方夜譚嘛。世上果真有這麼偉大的母親？」阿丁笑歪了嘴。

「我當然知道那是大人的藉口。我早聽人謠傳說我爸爸外面有女人，奇怪的是我媽不吵也不鬧，還讓我爸有偉大的堂皇理由，說是要為了女兒要娶小老婆。」

閱讀補充包

時代這樣改變，真好！

納妾、娶姨太太（小老婆）的陋習，其實並不合法，更是不尊重女性的現象。好消息是，隨著社會進步，婚姻平權了，而且有法律保障！

「那你趕快宣布要住校，發誓再也不逃回家，不就能解救你媽媽嗎？」

「這還用你教嗎？我不知發過幾次誓了。偏偏我那傻媽媽不領情。她說反正明年我弟弟也要上初中，一定得在鎮上租個房子。」

「租房子可以，可不必討小老婆呀，這是什麼歪理嘛？」

「就是說呀。最近我就為這件事，三兩天請一次外宿假，回家跟爸爸吵。他要為女兒娶小老婆，女兒也有權利為親娘謝絕他的美意呀！」

「結果呢？你贏了嗎？」

「我最氣的是我媽，她竟然不站在我這邊，還幫我爸爸說話，一直想說服我呢！」

「你弟弟呢？」

「那笨蛋不提也罷。他恨不得我爸爸馬上租房子，馬上娶小老婆，好讓他馬上轉學到鹿港國小參加補習呢。因為鄉下小學程度低，不快轉學他沒把握考上好的初中。他說我考上彰化女中，如果他考不上彰化中學，會沒臉見人。你看他多自私！」

「不是自私啦，小男生怎麼知道『小老婆』對你媽有什麼害處？這不能怪他的，要怪應該怪你媽。我就不懂，為什麼你媽這樣寬宏大量，自願犧牲呢？」

「這跟老觀念當然有關係。她說我外公也養小老婆，而且還不止一個呢。我媽叫她自己的親娘阿母，叫姨娘阿姨和街尾姨（街尾娶的），她並不討厭兩個姨娘，因為她們倆都很怕她媽媽。古時候的人真的好奇怪哦，不過，這我們不用管。我知道我媽所以願意犧牲，真的是為了我。你不知道我考取彰化女中，我媽有多高興，說我替她償還了小時候想讀『高女』的宿願。她沒能讀成，便希望我替她讀，所以看我為住校的事苦惱，她就自動提出讓我爸娶小老婆的笨主意，真是傻得可以，我真有點恨她呢！」

「我還有一點不懂，為什麼你們家不乾脆遷居到鎮上來住呢？」

「如果事情這麼單純就好辦了。你不知道我媽的責任有多重，上有公婆要侍候，還有未成家的兩個小叔也要靠她照顧。鄉下一大片產業，也多半由她管理，因為我爸爸在政府機構做事，天天都得上班，家裡的事裡裡外外一天也少不了我媽，她怎麼走得開呢？」

「那，鎮上租的房子，請個傭人照顧你們姊弟倆不就得了嗎？」阿丁一直想幫素娥解決苦惱問題。

「請傭人要花錢呀。想嫁我爸做小老婆的女人是酒家的服務生，她說只要我爸能救她脫離苦海，她願意做牛做馬，一輩子當我們家的免費女傭。我奶奶也贊成我爸爸娶她，說人家只想換口飯吃，當然比僱個女傭便宜。」

「你媽真可憐。」

「最可憐的是，除了我之外沒人幫她說話。連我外婆也說，我爸爸每天騎腳踏車到鎮上上班，天氣不好的時候實在不方便，而且年紀愈大體力愈差，也該設法讓他在鎮上有個歇腳和過夜的地方，還誇我母親明理，會體諒丈夫呢！」

「那，說來說去不是沒有挽回的餘地了嗎？」

「生米都煮成熟飯囉！上個星期我幾天沒回去，小公館就正式成立了。我弟弟也已經轉學到鎮上，晚上也開始到老師家裡補習。第一次我看到那狐狸精，我氣得根本不理她，後來看她畏畏怯怯，怕我怕得像小老鼠見到大惡貓，我倒同情起她來。其實她不比我大幾歲，卻得在酒家討生活。聽說她從小沒爹沒娘，是被養母賣到酒家的。」

「世間值得同情的人太多了，但同情的方式很多，何必犧牲你媽去同情別人呢？要是我，我才不接受哩！」阿丁想一想說：「噢，對了，你忘了使用最有效的一招：如果你拍胸保證，說家事由你一手包辦，不但會侍候爸爸，也會照顧弟弟，燒飯洗衣都難不倒你，你媽還有話說嗎？如果真正要那樣做，我也可以去支援你，至少幫你洗洗菜或買東西什麼的，我是真的可以幫你喔！」

「誰說我沒使過這一招？我不止拍胸保證，還哭著對天發過誓呢！我說如果我做不到，就自動退學，專心侍候爸爸和照顧弟弟。」

「結果呢？」

「結果是得到反效果。我媽說如果我退學，就是對她不孝。我當然了解我媽不管付出多大的代價，都要我替她讀出一張『彰化高女』（日治時代響噹噹的彰化女中校名）的畢業證書。因為我媽是小學第一名畢業的，卻因為我外公重男輕女，不准她報考初中，否則如果去投考，一定能考上彰化高女，那就不用嫁到偏遠的鄉下，一輩子做務農的農婦了。」

素娥說，她考取彰化女中那一天，她媽媽高興極了，當天中午馬上開出兩桌酒席，把鄉長、校長、學校老師和村子裡的親朋好友全請到家裡來，大吃大喝，熱鬧了一個下午。還說時間太倉促，不然她要請布袋戲班來，演一整天的野臺戲給村子裡的小朋友們看哩！

「哇，好神氣，好光彩哦！」

「因為我是我們窟底寮庄有史以來，第一個考上彰化女中的女秀才呀！」素娥說著，自個兒大笑起來。

「那麼，女秀才有什麼抱負，有什麼宏願呢？以後要怎樣造福鄉民？」

「最大宏願是參加女權運動，爭取真正的男女平等，由法律規定，女的不當姨太太，男的不娶小老婆。這樣，以後的女孩子就不會遭遇到跟我一樣的苦惱了。」

「為未來的女權運動領袖乾杯！」阿丁比手做乾杯狀，素娥不但比手做同樣動作，還裝出咯咯咯的吞酒聲。然後兩人相對，哈哈哈的笑開了。

10 少女的日常就是美

初一甲的學生好問，老師為了解答臨時提出的問題，常常下課鈴響了，還得繼續多講幾分鐘。有一天，下一節上課鈴都快響了她們才下課，賴美女匆匆忙忙要衝出教室時撞到阿丁。

「莽撞鬼，急什麼嘛？」阿丁罵她。

「上廁所！」美女丟下話，飛也似的跑了出去。

「一定是拉肚子」。阿丁這麼想著回頭一看，咦，不對呀，她怎麼朝反方向跑呢？

「莫名其妙！」阿丁想不通，廁所就在她們教室旁邊，沒幾步就到了。她卻朝反方向的走廊盡頭一直跑，越過中央走廊還在繼續跑，好像要跑到校園東區高中部那邊去，去幹什麼呢？

阿丁正納悶著，但見她氣喘吁吁又跑回來了。

「你跑到哪去了？」

「上廁所呀！」

「去用人家高中生的廁所？」

「嗯，你不知道她們的廁所有多乾淨，每間都有插花，好香好漂亮哦！」

「嘎？廁所裡有插花？下一節下課時間我也要去看看，你沒騙我吧？」

「騙你幹什麼？你可以去，不過不要告訴別人。否則大家都跑那邊去，高中生會罵我們的。」

就這樣，兩人約好要守密，便開始輪流偷偷跑到東邊高中部的廁所去享受有花香的「如廁」。不過因為路途遠了些，一天三四次來回的衝跑，常常跑得氣喘吁吁，兩人的祕密很快就被人發覺了。

「我們總不能全班去偷上人家的廁所吧？要看，今天放學後我們一起去看。其實我們也可以學她們，每天給廁所插一束花呀！」美女提議。

「好，好主意！」那天降完旗，初一甲全班同學果然集體去參觀高中部的廁所。

「哇！好棒喔！」大家驚嘆。

她們的廁所每間都比初中部的廁所寬大，而且白色磁磚牆亮亮的，看起來很潔淨。明亮的窗臺上擺放一束插在竹瓶裡的鮮花，好像降旗前的掃地時間才剛換過。有波斯菊、石竹、金盞花和金魚草等等，一看便知道是從她們教室後面的花圃採來的。

「美是美，可是我們沒有花圃，每天到哪去採花來插呢？」有人提出問題。

「嗨，佩惠芬，你們家有大花園，你們倆可以提供吧？」

初一甲有一對雙胞胎姊妹，一個叫佩芬一個叫惠芬，兩人長得一模一樣，實在叫人無法分辨誰是誰。大家唯恐叫錯了她們的名字，每次要叫她們的時候，乾脆兩人同時叫，就叫「佩惠芬」。她們家很有錢，但母親在她們兩歲的時候就過世，父親深怕後母不會真心疼愛她們，因此買了一片別墅式的大莊園，僱了一名園丁和一對管家夫婦，陪她們一起住，讓她們每天過著小公主般的豪華生活。

「可是，你們喜歡什麼花呢？」

「有香味的花，例如玉蘭花、茉莉花、含笑花……，反正一年四季，開什麼花的時候就摘什麼花來。我們的廁所沒有窗臺，沒地方擺插花，我們就用寬口的玻璃罐，把香花放進罐子裡，一天二三十朵，足夠香我們一整天了。」最會出點子的陳秀美說。

「好，好，好主意！」大家都贊成。

從第二天早上開始，佩惠芬每天上學，都用白淨的手帕包一包帶露水的香花來。初一甲全班同學好得意、好高興，她們的廁所是全初中部最乾淨的，還常有別班的人來偷上呢！

初一甲的人好像特別愛漂亮。主要原因是班上有位叫李素的，家裡開貿易行，她常拿一些舶來品到學校，以原價賣給同學。有一天午休時間，她拿出一打薄紗印花手帕，每條花色不一樣，精緻的抽紗花邊任誰看了都會喜愛。李素說那是香港貨，她媽媽答應讓她以低於原價的便宜價錢，賣給班上要好的朋友。

「給我一條！」

「我也要！多少錢明天帶來給你！」大夥一窩蜂擁過去，三兩下就搶光了。

搶到手的人拿著比來比去，展示給沒買到的人看。就在這個時候上課鈴響了，下午第一節是體育課。那漂亮手帕要放哪呢？收進書桌怕被人偷走，塞進口袋嘛，體育褲沒口袋。突然有個什麼人說：「綁在手腕上好了。」霎時十二人的手腕都綁上了手帕。

做預備操時，只見彩色薄紗手帕飄來飄去，好像在跳彩帶舞。投擲鏢槍時，腕上的彩色手帕好醒目，動作顯得特別優雅。下課後大家都捨不得解下來，直到降完旗要回家了，手帕還綁

在手腕上。

最有趣的是第二天早上到學校，大家驚訝的發現，班上幾乎有一半以上的人，左腕上都綁了一條漂亮的手帕。就這樣，流行很快的傳開，不知什麼時候，腕上綁一條漂亮手帕，變成愛漂亮女生的時尚了。

還有一種彩色珐瑯質的髮夾，只有一公分寬、一寸長那麼大，但夾在烏黑的短髮上十分醒目，所以有一段時間，大家流行夾這種髮夾。

「新髮夾，『喔New！』一二三！」不知哪個人最先發明的，只要看到誰身上有什麼新東西，就要喊一聲「喔New！」同時輕輕打她三下。「喔New！」是日語「新的」意思。

「哎喲，痛死了！」被打的人故意大喊大叫，巴不得把周遭的人全引過來看她的「喔New！」不管是穿新制服、新鞋子，或是一根新髮夾，第一天總要挨全班每人三下輕打。不過一個願挨、一個願打，大家玩得開心，也就變成一時的流行了。

至於女生最重視的三千煩惱絲，也有一陣子流行紮一小把有浪花的。說起來實在有趣，有一天午休時間阿丁趴在桌上睡著了。調皮的皮蛋清碧靈機一動，叫身邊兒幾個同學幫忙，說要給阿丁的頭髮編一百條細辮子。她看過「小人國」圖畫故事書，裡面有一名躺在地上睡覺的流浪漢，被一群小矮人圍著，把他的頭髮編成一條條的細辮子釘在地面上。皮蛋想如法炮製，便拿阿丁的頭髮玩玩。阿丁在睡夢中彷彿覺得頭上溼溼的，原來是皮蛋用手帕沾水，先把阿丁的頭髮一撮一撮抹溼了，再結一條一條的細辮子。

「一條，兩條，三四五六……哇，已經超過一百條了耶！」就在這個時候上課鈴響，阿丁霍的抬起頭來，全班「嘩！」的頓時爆出大笑聲。因為阿丁頭上一百多條細辮子，直挺挺呈發射狀全豎立著。阿丁不用照鏡子，也知道模樣有多滑稽可笑了。

說時遲那時快，上課的老師跨進教室門口了。皮蛋順手抓起掛在桌邊的童子軍帽往阿丁頭上一罩，比手叫她忍耐忍耐。阿丁沒有選擇餘地，只好任她擺布了。

老師說：「丁淑惠，把帽子脫下，上課怎麼戴帽子？」皮蛋慌忙搶著代替阿丁回答：「老師，淑惠她……，她臭頭貼膏藥，不戴帽子不好看啦！」

全班掩嘴吃吃笑。老師說：「不要笑，半點同情心都沒有。丁淑惠不要難過。好，我們上課吧！」

上課時，老師只要背過身寫黑板，大家便回頭偷看阿丁一眼，阿丁無可奈何的跟大家扮扮鬼臉，恨不得能夠快點下課。幸好老師上課很認真，沒發現什麼不對勁，一堂課順順利利上完了。下課後大家圍過來，一邊笑一邊幫阿丁解開辮子。

「哇！蓬蓬鬆鬆，像燙過一樣，好美哦！」這無意中發現的「美髮」方法，很快的變成一種流行。從那天起，愛漂亮的人就在睡前，把邊分到耳邊的一撮頭髮先用水抹溼，再把它編成四五條細辮子用橡皮筋紮緊，等第二天早上醒來再解開，右邊臉的鬢邊就有一撮浪花美髮了。

如果在浪花美髮上面，再夾一根彩色珐瑯髮夾，便覺得自己美若天仙，照照鏡子也能自我陶醉老半天。雖然這一撮浪花美髮，頂多只能維持幾個小時便自然變直，但大家還是不厭其煩，樂此不疲。

小女生愛漂亮，什麼把戲都不嫌麻煩！

另外，在書包上掛個小鈴鐺或可愛吊飾，也曾經流行好一陣子，而且吊飾多半是自己做的。

也不知最先是由誰先發明的，大家拿碎布，做個極小極小，只有大拇指那麼大的迷你布娃娃，然後在圓圓的白布臉上，用毛筆畫兩道彎彎細眉和一對睫毛翹翹的大眼睛，再用紅墨水點個櫻桃嘴，最後在頭頂的三角帽帽尖上面穿一條繡線，可愛的吊飾便完成了。

每個人做出來的娃娃樣子都不太一樣，大家爭相給自己的娃娃取可愛名字，有咪咪、娜娜、安妮、茱麗等，也有自己喜愛的漂亮明星的名字。

迷你布娃娃吊在書包背帶上面，走起路來一上一下的彈跳。阿丁把她的娃娃當活人一樣看待，邊走邊跟她說話：「忍耐點吧，娜娜。別人去吃蜜豆冰，我不能帶你去，因為我沒有那麼多零用錢天天吃零食呀！」

原來放學後到一家有名的冰店吃一碗蜜豆冰，也是一種流行。這種流行天天都要花錢，許多沒錢花的人，就得學習克制自己，不跟著大家「流行」了。

「走吧，我們到車站候車室看書去！」阿丁告訴她的娜娜。

阿丁喜歡看課外書（日文故事書），只要把精神集中到精采故事的情節裡，便忘了沒能力跟隨流行的孤獨寂寞與自卑感了。

「喜歡看書真好！」阿丁安慰自己。她真正領會到精神毅力戰勝虛榮心時的驕傲與滿足，不能跟著大家去吃紅豆冰，並沒什麼好怨嘆、好自卑的啊！

11

愛心飯盒

通學生辛苦，通學生的媽媽更是辛苦。為了要讓孩子搭乘早上六點的第一班火車上學，通學生的媽媽們每天半夜四點多就得起床，為孩子煮早餐，並做午餐的飯盒。因為那時候沒有冰箱，也沒有電鍋和瓦斯爐，連自來水都沒有，煮一頓飯要費很多時間。從生火起爐到飯熟，至少也要四、五十分鐘。要裝飯盒的飯，還得吹涼了才能裝，不然熱呼呼的裝下去以後，又放在書包裡悶半天，到中午拿出來吃時飯都餿了。裝飯盒的菜也得臨時煮，雖然滷味菜隔夜不會壞，但裝盒之前也要回鍋煮一下，否則到了中午不變壞也會走味。媽媽們好像都不怕辛苦，只怕孩子餓肚子，畢竟如果趕不及做早餐，孩子就得連著餓兩餐，怎麼捨得呢？在整個社會都還很貧窮的那個時代，即使讓孩子帶零用錢，臨時也買不到早點。因為像鹿港那種地方鄉鎮的火車站旁，根本沒什麼小吃店，到了學校以後，學校沒有福利社，當然也買不到吃的。

阿丁的媽媽是一位愛孩子如命的最負責的好媽媽，每天晚上睡覺前，都把爐底清好，然後把生火用的紙團和細竹片也擺在爐底，準備好了才安心上床。等清晨四點多鬧鐘一響，她便一躍跳下床，使出卡通影片般的快動作，把飯燒好，把阿丁和哥哥叫起床，讓兄妹倆每天都吃飽早飯，再帶個沉甸甸的飯盒出門。

不過，有一次阿丁的小妹妹生病，半夜裡哭鬧個不停。媽媽抱著她搖呀搖的，不知什麼時候小妹妹睡著，媽媽也坐著睡著了。媽媽忘了撥鬧鐘，等她驚醒過來，已經睡過頭了。

「快快快，快起來！抹把臉，不要刷牙還來得及。」媽媽遞給兄妹倆一人一條擰好的毛巾，催他們快換穿制服。

阿丁迷迷糊糊一邊走一邊扣釦子，走到門口接過媽媽幫她拎出來的書包，飛也似的就要跑，媽媽急忙追過去，塞給她一張一元鈔票說：「中午別忘了請外出假，到彰化市場內吃一碗麵，記得哦！」

阿丁噘著嘴，頭也不回的往前衝跑。她很想告訴媽媽：「小初一新生，誰敢走進訓導處，向閻羅王訓導主任請外出假？」但她沒時間說，也不想說，怕說了徒增媽媽的傷心。挨餓就挨餓，有什麼了不起？

阿丁作夢也沒想到真正挨餓的滋味是這般的難受。

午餐時間她沒飯盒可以吃，深怕被同學們發現了，爭著要分飯給她吃，那豈不像乞丐，多丟臉！

阿丁好面子，因此躲開大家，悄悄跑到操場邊的樹下，找工友養的小白狗玩。一邊玩一邊在心裡打腹稿，要在週記的生活感想欄寫一篇〈挨餓的滋味〉。她要寫：「原來餓會叫人頭昏眼花，叫人渾身乏力。外省籍的老師們常在課堂上說，大陸的人民沒飯吃，一頓沒一頓的都在挨餓。大陸同胞真可憐，我們的確應該反攻大陸，解救大陸同胞。」

阿丁有過沒帶飯盒的經驗，因此特別注意別人有沒有帶飯盒。有一天，她發現素娥的書包扁扁的，馬上緊張的問：「你是不是沒帶飯盒？」

素娥噘起嘴，恨恨的說：「可惡的姨娘貪睡起晚了。我爸爸罵她，叫她趕第二班車，專程為我送飯盒，活該！」她突然笑起來說：「一趟火車來回要兩元多，這麼貴的飯盒我怎麼吃得下？花的還不是我老爸的錢，我老爸想罰她，結果罰到自己還不知道呢，真好笑。」

「你爸爸疼你，不會在乎車錢的。你應該感謝你姨娘，千里迢迢送『愛心飯盒』給你！」

愛心飯盒？欸，阿丁，你真有文學細胞！這題目不錯，這星期的週記我就寫〈千里迢迢送愛心飯盒〉。那陣子大家寫週記都很認真，都希望得到導師的紅圈圈眉批。

那天中午，阿丁一邊吃飯，一邊回頭跟素娥聊天，無意中發現坐在她背後的招弟，半掩著盒蓋扒飯，樣子好滑稽。阿丁問：「為什麼不掀開蓋子吃？怕被人看到你吃什麼菜是不是？真不大方！」阿丁個性爽直，她認為沒有滷肉滷蛋並沒什麼可恥，遮遮掩掩不給人看太虛榮了。她看不慣招弟的作風，因此出手，想幫她掀開蓋子。沒想到招弟雙手壓著，硬是不讓阿丁掀。旁邊的秀惠說：「怕什麼嘛，要不要看？我沒帶肉也沒帶蛋，只帶炒酸菜和蘿蔔干，正正當當，有什麼吃什麼，沒什麼可恥呀。」

「要看就看吧！」招弟「啪」的打開盒蓋，同時垂下兩行淚，哽咽著聲音說：「我吃拌鹽的白飯，什麼菜也沒有。你們滿意了吧？」

大家都愣住了。阿丁急得快要哭了：「對不起，你不要哭嘛……。」

招弟告訴大家說，她家的家境並不很差，只是父母重男輕女，不贊成她讀中學，是她的小學老師幫她出報名費報考的。考取以後媽媽不幫她煮早飯也不幫她做飯盒，每天早上都是她自己起來煮，有時候臨時弄不出可以帶的菜，只好撒點鹽巴拌一拌。她說只要有書可以讀，什麼苦她都能忍

受，但求同學們不要嘲笑她。

同學們我看你，你看我，心裡都在想：「同情都來不及了，怎麼會嘲笑你呢？」

「以後我們每人分一點菜給你，你不要難過嘛！」阿丁安慰她。

「不，謝謝大家的好意，請原諒我的拒絕。人是有自尊的，我寧願吃白飯，不願接受別人的同情，請大家不要管我。」

大夥再一次我看你，你看我，沒人敢說話了。

那個星期的週記，好像很多人寫有關飯盒的事。導師在級會上特別提出來說：「很高興看到你們進步這麼快，才一個學期你們都有能力用流暢的文字，表達生活感想了。上星期有幾個人寫午餐和飯盒，丁淑惠的〈挨餓的滋味〉、洪素娥的〈千里迢迢送愛心飯盒〉、李招弟的〈什麼叫虛榮〉和黃淑娟的〈為什麼要拒絕同情？〉都寫得很感人，我現在念給你們聽……。」

阿丁一顆心砰砰跳，聽到導師用感性的聲音朗讀她寫的文章時，既高興又害羞。最後導師說：「丁淑惠兩餐沒飯吃，不但不埋怨，還深怕媽媽知道了會心疼而不敢說，可見她心地善良，非常孝順母親，而更了不起的是她在體會挨餓的滋味之餘，竟然有心想到三餐吃不飽的可憐大陸同胞*。她這一篇生活感想，寫得有感情、有思想，值得大家參考……」

「老師，我覺得阿丁不應該！」龍頭翠薰打斷導師的話，霍然站起來說：「她沒帶飯為什麼不告訴我們？我們市內生可以打電話叫家人中午送飯的時候多送一個飯盒來，根本不需要挨餓嘛！」

「對對對，阿丁不該客氣！」

「阿丁，你太不給我面子了，如果把我當你最要好的朋友，應該告訴我呀。」素娥說：「那天你不在教室裡吃飯，我以為你跑外面樹下去吃呢。如果讓我知道，至少可以分一半給你吃呀。」

「這樣兩人都吃不飽也不好。」心欣搶著說：「我們幾個家裡有電話的市內生輪流，哪天哪位通學生沒帶飯，一到學校就告訴我們，我們到傳達室打電話通知家裡，那天中午送兩個飯盒。給我們機會向朋友表達愛心嘛。」

大家鼓掌。導師猛點頭誇讚著說：「黃心欣的意見很好，朋友之間本來就應該互相幫助。李素娥也不需要姨娘千里迢迢花那麼貴的車資送『愛心飯盒』，以後就接受市內生的『愛心飯盒』好了。還有，李招弟你的境遇大家都知道，同學們同情你，想向你表達友愛，你也不要拒絕。以後臨時做不出菜的時候，你連飯也不用帶，就接受『初一甲的愛心飯盒』好了。反正家裡有電話的幾位市內生家境都很好，一個飯盒絕對供應得起。『助人為快樂之本』，給她們機會享受『助人之樂』吧！」

閱讀補充包／時代這樣改變，真好！

以前的教育不鼓勵獨立思考，還會灌輸很多口號和教條。難怪學生寫作文都異口同聲：「我們要反攻大陸，解救大陸同胞！」

現在，臺灣教育已經大幅翻轉，不但鼓勵孩子表達想法與看法，也希望年輕世代的獨立思考與思辨能力愈強愈好。

全班響起熱烈的掌聲。當主席的龍頭說：「謝謝導師給我們的勉勵，讓我們為『初一甲愛心飯盒制度』的成立，鼓掌！」級會在掌聲中結束。從那天以後，初一甲變得很團結、很友愛，像親姊妹一樣不再互相客氣了。

12 學校大變動

快放暑假了，每個人都好興奮！這是上初中以後的第一個暑假，如果到同學們家裡互相拜訪，就可以玩遍臺灣中部很多地方。

首先，家在通霄的住校生黃彩鳳，在學期末最後一次的級會上邀請大家說：「暑假歡迎到我家玩。我可以帶你們去海濱游泳，也可以捉螃蟹和撿貝殼，通霄很好玩喔！」

李素娥說：「我家住在鹿港鄉下很偏僻的地方。家裡除了雞鴨鵝之外，也養一頭大水牛和一群羊。我家後門外還有一口大池塘，可以撈蝦也可以釣草魚。農曆七月十八日我們村子裡還有大拜拜，歡迎大家到我家做客，不但有得吃，有得玩，還有免費的野臺戲可以看。我和弟弟會騎車到火車站等你們，也要請阿丁幫忙借幾部腳踏車，一部車可以載兩個人，會騎的載不會騎的，從鹿港火車站騎車，三十分鐘就可以到，挺好玩的……。」

「我要去！」「我也要去！」「我跟你一起去……」大家爭先恐後，忙著約朋友，定時間。教室裡鬧哄哄的，都巴不得暑假馬上到。尤其通學生很想利用暑假回敬市內生，好好招待她們到家裡玩玩。因為平時受她們照顧太多，不但吃她們的「愛心飯盒」，忘了帶書法、圖畫用具或體育服裝等東西時，也常常不客氣的請市內生打電話，叫家裡差人送來借她們。有一次颱颱風，鹿港線和和美線的小火車臨時停開，兩線的通學生回不了家，市內生馬上搶著要接她們到自己家住。黃心欣搶先拉著阿丁說：「我家樓上地板可以睡很多人，而且有傭人燒飯，不用麻煩我媽媽。我爸爸和媽媽都很好客，你們放心好了。」

心欣知道阿丁跟素娥最要好，因此也拉素娥，又加了李招弟。那天晚上三個人不但吃了一頓豐盛的晚餐，還輪流玩「彈風琴」（其實不會彈，只是亂彈）和唱歌，也玩了撲克牌。心欣的母親拿出她少女時代的學生照給她們看，講了很多日治時代的女校趣聞給她們聽，儘管窗外颱風颳得窗玻璃咯咯響，大家聽黃媽媽的故事聽得哈哈笑。後來停電，她們摸黑上了床，調皮的阿丁講鬼故事想嚇膽小的心欣，心欣摀著耳朵不願聽，沒多久就聽到她入睡的鼾聲。倒是想嚇人的阿丁自己害怕起來，想上廁所都不敢下床，那一夜差點就尿床了呢！

暑假時，跑到散居各地的同學家玩，大家學做客人，也學做主人。阿丁的爸爸看阿丁招待同學，不但會請人喝飲料吃點心，還會遞毛巾請人擦手，很高興的說：「你們都長大了，懂得會交朋友比會讀書重要。這個暑假你們互相拜訪，把每個家庭不同的家風和待客的方法做一番比較，互相觀摩學習，把你們的感想寫在暑假日記上面，你們導師看了一定很高興。」

開學那天，阿丁抱著暑假作業——暑假日記簿、大小楷書法練習簿、植物標本採集簿，以及家事課織的一條圍巾，興沖沖到了學校，卻發現學校怪怪的，幾間原來擺放運動器材或掛圖的小房間，以及會客室、會議室等，都變成了老師的宿舍，住在裡面的老師都是生面孔。聽他們講話，每人腔調都不太一樣，顯然是從大陸各地來的。有一間原來做為儲藏室的房間，沒有窗戶，又窄又暗，竟然住了兩位男老師。阿丁拉著素娥，繞校舍快步跑了一圈，很驚訝的說：「我們的學校，一下子變陌生了。新學期一定有很大的變動。我最擔心的是國文老師和導師會不會換人？」

果然正如阿丁所料，國文老師和導師都換了人。開學典禮的時候，校長介紹每班新換的導師和他（她）們所擔任的科目，阿丁班上的同學們都楞住了。

「我們的導師那麼好，為什麼要換人呢？」龍頭一說，大家都快哭了。

「聽說我們的導師是臨時聘用的，她不會講國語，所以這學期沒接到聘書。」一位市內生說。

「我們的廖老師呢？」阿丁急忙問，廖老師是她最最崇拜，也最喜歡的國文老師。

「她也不教書了。不過沒離開，仍然留在學生宿舍當舍監。」

「不要，我不要換老師，我們找廖老師去！」阿丁含著淚，飛也似的跑去見廖老師，後面跟了五六位同學。

廖老師笑著說：「傻孩子，哭什麼呢？誰教你們都一樣的。我每天都在宿舍裡，你們有問題隨時可以來找我呀。」

「不要，我們要廖老師您繼續教我們。」

「咦，都升上初二了，怎麼還像個小小孩一樣耍性子呢？」

剛好上課鈴響，廖老師揮手趕著大家說：「去去去，快去上課！」

新的國文老師就是她們的導師，是一位外省男老師，冷冷的臉一點表情都沒有。上第一堂課竟然沒有半句開場白，拿起點名簿就點名，點完名馬上開始念國文課本第一課課文。

阿丁的腦子裡一片空白，兩眼雖然看著課文，但一個字也沒看進去。只覺得鼻子酸酸的，視線愈來愈模糊，終於忍不住掉出一滴滴的眼淚。

她趕緊把翻開的課本豎立起來，像屏風一樣擋住自己的臉。好不容易撐到下課，她乾脆伏在桌上痛快的哭起來。

13 一人一筆，板書抗議

「阿丁，不要哭嘛。我們大家想辦法，讓廖老師回來繼續教我們國文，來當我們的導師。」素娥安慰阿丁。

「欸，對了，我們可以寫一張陳情書，向校長陳情。」智多星想出個好點子。

「可是誰敢去見校長呢？」阿丁擦著眼淚問。

「我去！」龍頭自告奮勇說：「我們趕快擬稿，寫好了，我代表初二甲組全體同學去見校長。」

全班同學好興奮。午休時間大家你一句我一句的想出好句子，共同擬了一篇文情並茂的陳情書，然後護送龍頭到中央走廊的樓梯口，看她勇敢的踏上梯階，蹬蹬蹬直奔二樓的校長室去了。

不一會兒，校長帶龍頭下樓來了。她停步在樓梯的半腰上，俯視著階下的阿丁她們，推推眼鏡發出嚴厲的聲音說：「小孩子不懂事不要瞎鬧。大人有大人的立場，給你們甲組安排的是最優秀的好老師，你們應該信任校長。快回去上課吧，讓你們的新導師知道了多不好意思？莽莽撞撞太不懂禮貌了。」

大家垂頭喪氣回教室，這下只有嘆氣和認命了。

第二天，導師來上課，看他一臉不高興，顯然是知道大家向校長陳情的事。他怒目掃視教室一周，不聲不響拿起課本就念課文，然後挑出艱深的句子加以解釋。不過他的講解，幾乎是自說自話，因為他的國語不標準，也不知是四川腔還是湖南音，反正大家懶得猜也懶得聽，每張呆滯的臉都茫茫然不知想著什麼。阿丁想的當然是過去廖老師上課的情形，她記得有一次一課叫〈繁星〉的課文，文末有一句說：「天上星多月不亮，地上人多心不平。」阿丁舉手問廖老師說：「星多天空亮，月亮不凸顯，這道理我懂。可是人多為什麼會心不平呢？」

廖老師笑著說：「問得好。那是因為不能團結呀。這位作者太悲觀消極，其實這樣的思想不適合活潑蹦跳的你們這個年齡。同樣寫星星，有人寫得很悲傷，有人寫得很快樂，這就是文學，就是藝術。悲有悲的美，樂有樂的美。不同的感受，不同的美……。」她突然嘆口氣說：「臺灣光復太突然，政府來不及編印適合你們程度與能力的課本。這樣吧，以後老師找些適合你們的文章，印講義發給你們，我們不要照著課本讀。」

第二個星期，老師發給大家好幾篇描寫星星的散文和白話新詩的講義，不但用感性的聲音朗誦給大家聽，還指導她們如何賞析，如何說出自己所受的感動和感想。阿丁在筆記簿上寫讀後感的時候，寫了一句：「心情好的時候，我看星星覺得很柔美；心情不好的時候，覺得星星好刺眼。」結果得到老師一長串的紅圈圈眉批。

「哐啷啷！」教室後面突然響起鉛桶滾地的聲音。

「幹什麼？」導師怒沖沖走過去，喝一聲「搗蛋是不是？」竟然揮手，「啪」的賞了清美一巴掌。

同樣坐在最後一排的淑英忙替她辯駁：「不是啦，她打瞌睡，不小心踢到鉛桶啦。」

「上課怎麼可以打瞌睡？」導師漲紅臉，清美也漲紅臉。大家正不知該如何收場的時候，下課鈴剛好響起來。導師「哼！」一聲，甩身走出教室。

全班鴉雀無聲。一向老實的倩玉突然嚷叫起來：「抗議，我們要抗議！」

「對，民主時代老師怎麼可以打學生？我們要表示抗議！」龍頭附和。

全班議論紛紛，研究如何表示抗議。

智多星說：「下一次他來上課，我們不要站起來行禮。」

「好，好主意，我們在黑板上寫字，讓他知道我們全班替清美抱不平。」

「就寫『民主時代，老師怎麼可以打學生？』這幾個字。」

「好，把問號寫大一點！」

「誰來寫呢？被認出筆跡，會被記大過的。」

「我們一人一筆，排隊輪流上黑板寫，要罰就罰全班。」

「好，一人一筆，表達抗議！」龍頭下結論，大家拍手贊成。下面就是採取行動了。

第二天第一節課就是國文，升完旗回教室以後，還有十分鐘休息時間。全班都好緊張，坐在前面第一排的純兒自動跑到教室門口把風。她比手勢叫大家開始，第一排的人便擁向黑板，一人寫一畫，輪流上前，共同完成「**現在是民主時代，老師怎麼可以打學生？**」斗大的兩行字，連一個逗號和一個大問號，總共一百二十九畫，全班五十三人，一人輪二到三次，不一會兒就寫成了。

阿丁說：「班長照喊『起立』和『敬禮』，我們不要動就是了。如果班長不喊，會被認為是班長帶頭罷課。」

愛
現在是民主時代
老師

「噓——，來了！」把風的純兒喊著跑回她的座位。

導師進來了。班長跟平常一樣，大聲喊「起立！」她自己一個人站起來，又喊了一聲「敬禮！」也是她一個人行禮。導師看全班像木頭人一樣不動，大喝一聲：「要造反是不是？」他回頭要拿教鞭，這才看到黑板上寫的字。

「誰寫的？」導師暴跳如雷。全班默然起立，沒有人吭聲。

「要罷課是不是？好，我走！」導師怒沖沖走了。全班吃吃笑起來。

班長說：「我們不要鬧，大家安安靜靜自習。」

大家拿出課本，有人默讀，有人抄寫……。

過了一會兒，教務主任來了。他和顏悅色先安撫大家說：「老師打人的確不對，我想一定是他的國語不標準，讓師生之間發生誤會。他剛從大陸逃難來到臺灣，心情不好，脾氣難免暴躁了些。我會勸他以後不要亂發脾氣，相信他一定也很後悔出手打人。人非聖賢，孰能無過？我代他向廖清美同學道歉。這件事到此為止，明天他來上課，你們要表現得跟平常一樣，不要再鬧彆扭。其實他是一位很有學問的好老師，相信慢慢你們會喜歡他……。」

教務主任的國語也帶著濃重的鄉音，但大家已經聽習慣，所以百分之百知道他說什麼。

「算了，乖乖做聽話的好學生吧！」大家都這麼說，一場風波也就平息了。

14

可愛的老師「阿母」和「阿公」

教歷史的母老師同樣鄉音濃重，說話令人聽不懂，但大家卻不排斥，反而有點喜歡他。另一位教英文的新老師長得白白胖胖，說話一字一句慢慢說，笑起來眼睛瞇成一條線，像極了可愛的聖誕老公公。調皮的初二甲全班都用臺語叫歷史老師「阿母」，叫英文老師「阿公」。

記得開學第一天，大家圍過去看新掛的上課時間表，「嘿，有人姓『母』，好怪哦！」清美笑著高聲叫。

「不知是男的，還是女的？」大家都對姓母的歷史老師很好奇。盼呀盼的，終於盼到歷史第一堂課，老師來了！原來是個男的。西裝領帶穿戴得整整齊齊，年齡差不多是叔叔輩。他走進教室，看到五十三雙好奇的眼睛看向他，好像緊張起來，開口第一句話就舌頭打結，他說：「我我我……姓母，希望你們你們……能聽懂我的口音。」

全班「嘩！」的笑出聲來，因為他的口音確實很怪很怪，好像根本不是國語。

他搖搖頭，拿起課本，自顧自的念起課文來。

初二上學期的歷史課本，第一課是「宋的統一及宋初政治」。老師念：「第一段，宋的代周——宋太祖趙匡胤本是後周的殿前司都點檢，為禁軍之長……宗訓即位元年的元旦，北疆奏報北漢又聯合契丹入寇，匡胤遂奉命北上禦敵。這時主少國疑，出軍之日都城中就有立趙點檢為天子之謠言，及大軍次陳橋，軍隊忽然譁變，將士把黃袍加在匡胤身上說：『諸將無主，願冊太尉為皇帝』，並羅拜呼萬歲，擁掖上馬還京，這就是所謂『黃袍加身』的故事。匡胤即皇帝位，改國號為『宋』。」老師一口氣念完了，做個深呼吸抬起頭來，卻見全班茫然的呆望著他，他更急了，於是「趙匡胤」「趙匡胤」的一直加以講解，可惜他講得口沫橫飛，大家卻連一句話也聽不懂。

心欣回頭，悄聲問阿丁：「老師一直說**豆干印**（臺語：炸豆腐），是什麼意思？」

阿丁聳聳肩，表示她也不懂。

好不容易捱到下課，大家拿著課本研究。但課文的文體半古不白，而且有很多他們不會念的生字，誰也不知道這一課講的是什麼。心欣嘀咕著說：「誰知道老師說的**豆干印**，是課文裡哪幾個字？」

動作敏捷的淑娟忙翻字典，突然大笑一聲說：「是趙匡胤啦！」大家笑成一團。可是誰也不了解課文裡所說的故事，還是沒有人知道趙匡胤為什麼會變成宋太祖。

「完了完了，這學期的歷史準吃鴨蛋（考零分）。」

「全班聽不懂，老師總不會給全班鴨蛋吃吧？」

阿丁想念起初一的歷史老師——葉老師。他是阿丁爸爸的朋友，雖然有深厚的漢學基礎，但不會講北京話，上課時講的是引人發笑的鹿港腔臺語。但大家都很喜歡上他的課，因為他了解學生們的程度和理解能力。而且他第一天上課就嘆著氣說：「你們長這麼大，才知道自己原來不是日本人。你們一定想知道為什麼臺灣過去屬於日本，現在又怎麼能回歸祖國懷抱？你們連自己的國籍都弄不清楚，怎麼讀中國歷史？」

＊

就這樣，葉老師一開始就不教課本，而像聊天一樣，從荷蘭人、西班牙人講到鄭成功，又從清朝的腐敗講到中日甲午戰爭，然後是二次世界大戰到開羅會議。先讓大家弄清楚臺灣的來龍去脈，才回到課本去了解古人的部落生活及黃帝的出現。他知道大家看不懂文字艱澀的課文，因此從不叫大家念課文或背課文。他講課非常輕鬆，講到周朝紂王的殘暴和各種酷刑，以及美女妲己的傳奇故事時，全班聽得入迷，歷史課時間等於是聽故事時間，有誰不喜歡呢？

可惜葉老師也是不會講國語的臨時聘用教員，因此沒繼續受聘，也不來學校了。

「怎麼辦？『阿母』的國語我們聽不懂，以後上課怎麼熬時間？」

「除了乖乖坐著，還能怎麼樣？」

大家都很認命，但事實上乖乖坐四十分鐘是不可能的。後來每次上歷史課，大家的手都在偷偷做著各種事。愛畫畫的阿丁一張又一張的畫花草作書籤，也有人寫謎語偷偷傳紙條，愛打毛線的心欣兩眼盯著老師看，雙手卻藏在桌底下摸索著一針一針的鉤線。有一次，老師忽然盯著心欣說：「黃心欣，你是不是身體不舒服？怎麼身體一直在發抖？」

「我，我……」心欣「我」了半天，終於冒出一句：「太冷了。」

閱讀補充包

時代這樣改變，真好！

現在的臺灣社會，能夠包容各種立場及國族認同。但是在解除戒嚴以前可不是這樣。以前，中國的歷史、地理是學習重點，臺灣本土的歷史文化反而被忽視甚至打壓。

「為什麼不穿外套？」老師關心的問。

全班噗嗤笑出來。「阿母」搖搖頭，繼續自顧自的講他的課。他知道學生聽不懂他的話，因此從不苛責學生，明明看到學生在打瞌睡，他也視若無睹不理會，甚至發現學生在桌下偷玩撲克牌傳來傳去，他也假裝沒看見。就因為他脾氣好，從不罵學生，所以初二甲組全班同學都不排斥他，而且還送他個這麼可愛的暱稱，課後也會去找他，逗他說怪腔國語呢！

而「阿公」所以可愛，是因為富於童心，而且很體貼。本來他是不兼課的總務主任，但因為課表上一位預定要教初二甲英文課的老師沒能從大陸逃出來，所以由他臨時代課。他一進教室就舉手向大家打招呼：「Good morning !」腔調輕又滑，跟初一的英文老師教她們的完全不一樣。霎時全班五十三對眼睛都亮起來。班長喊起立和敬禮，並叫大家鼓掌歡迎新老師。他笑嘻嘻比著手說：「Oh, thank you, thank you !Sit down, please !」輕柔的聲音好聽極了。他說：「唉，可憐的孩子們，你們學國語已經夠辛苦，還要學英語。」他嘆一口氣說：「這樣吧，我不嚴格要求你們，不過學會的句子要儘量在生活中使用。」他問大家初一學了什麼？龍頭搶著說：「This is a cock.」他笑著歪歪頭問：「你們的老師是哪裡人？」

「留學日本的臺灣彰化人！」一位市內生回答。

「哦，難怪，日本腔！」他說日本腔的英語生硬呆板，恐怕說了洋人也聽不懂，所以他決定先改正我們的發音。他說話時一張臉總是笑咪咪的，學生非常喜歡他。不過重複又重複的學念單字，英文課上起來很枯燥。遇到第四節大家又累又餓時，很多同學會打瞌睡，「阿公」看了趕忙叫大家站起來，說：「來，甩甩手扭扭脖子彎彎腰，動一動把瞌睡蟲驅走，再大聲唱唱英文歌。」他帶大家做完小體操以後，馬上起個音，帶領大家一起唱「Twinkle twinkle little star ……」一邊唱一邊表演動作，完全把學生當幼稚園的小朋友看待。初二甲每一堂英文課都上得熱熱鬧鬧，讓隔壁班的同學羨慕極了。

15 一人一針，合織愛心

學校進門中央走廊右邊，一間原來的儲藏室暗暗的沒有窗戶，裡面卻住了兩位新來的男老師。一位高又壯，不知哪位調皮學生形容他壯如牛，這位老師的綽號ㄨ˙ㄒㄧ（日語：牛），也就被取定了。原來ㄨ˙ㄒㄧ是教體育的。

另一位老師則黑又瘦，看起來有點蒼老。他好像很愛孩子，看到學生們打他房間前面走過，總是笑著趕快走到門口向學生們點頭打招呼。

「老師，您貴姓？」開學那天，不怕生的皮蛋就問他。

「我姓艾，教童子軍的。」

剛好屋裡的ㄨ˙ㄒㄧ叫他：「ㄌㄠˇㄞˊ……」

皮蛋他們笑起來：「原來他叫ㄌㄠˇ ㄞˊ。」「ㄞˊ」字帶著濃重的鼻音，聽起來很有趣。於是這位老師的綽號也被取定。從此大家都「ㄌㄠˇ ㄞˊ」長「ㄌㄠˇ ㄞˊ」短的，在背後叫他的綽號。

兩位老師都上初二甲的課。ㄨ ˙ㄒㄧ不苟言笑，上課一本正經，調皮的初二甲覺得他不好玩，大家都不太喜歡他。ㄌㄠˇ ㄞˊ跟他剛好相反，上課像聊天一樣，喜歡講大陸的種種和逃難生活。下了課學生們也常圍著他，不讓他走，因為他有永遠說不完的故事，大家都喜歡聽。

不久，天氣漸漸轉涼，夏衣換秋衣，秋衣又要換冬衣了。有一天，黃心欣突然發現了什麼，大聲叫著說：「嘿，我發現ㄌㄠˇ ㄞˊ好像沒有冬衣可以換呢，一冷就縮著脖子搓手心，看起來好可憐。」

「一定是逃難的時候把行李弄丟了，這下可怎麼過冬呢？」

「如果行李不弄丟，他的軍裝也不能穿啊。聽說他以前不是軍隊裡的少校嗎？現在當老師，怎麼能穿少校軍裝上課呢？」

「那怎麼辦？誰能送他衣服？」大家議論紛紛。

「欸，有了！」心欣突然想出好主意：「我們這學期的家事課，不是正在教織毛衣嗎？我們用班費買毛線，全班合作幫他織一件毛衣。」

「好，好，贊成！」大家同聲喊。

「你們知道我為什麼想到全班合織一件毛衣嗎？」心欣說：「我想起日治時代，每次有親戚朋友或熟人被徵召要去當兵，我媽就和一大群婦女會的阿姨、伯母、嬸嬸們，拿一條印有『武運長久』四字的白布條，用紅繡線每人繡一針，打一個結，用密密麻麻的繡結把四個字繡出來，好讓出征的人佩帶在身上。這是日本人的習俗，叫做『千人針』，代表眾多人對他的愛心關懷和為他祈福。」

「噢，好有意思喲！我們都喜歡ㄌㄠˊㄞˊ，就來個『一人一針織愛心吧！』」

「ㄌㄠˊㄞˊ一個人孤伶伶到臺灣，沒親沒戚，沒半個家人，我們扮演

『小媽媽』共同來照顧他。」

「什麼小媽媽？我們叫他收我們全班做他的乾女兒好了。」

「不過毛衣還沒織好以前誰也不要說，我們給他來個驚喜！」

「可是，要織多大？誰去幫他量身呢？」

「放學後我們大夥到老師房間圍著他聊天，趁他不注意的時候，心欣拿

尺去量他掛在牆上的舊衣服。」

「好，那就決定囉！今天回去，我馬上去買毛線，可是要買哪個顏色呢？」服務股長淑娟是市內生。

有人說深藍色好，有人說墨綠色好，愛漂亮的敏惠提議：「給他穿棗紅色的，會顯得年輕些，不然他看起來好老哦！」

「好，我們來給他打扮漂亮些，就決定棗紅色，買雙錢牌最好的！」龍頭幫大家下結論。

就這樣，初二甲全班開始偷偷進行「一人一針織愛心」的偉大工作。她們這一班功課好，手藝也不錯。大家分配工作，第一、二排分別織左右兩片前身，第三排織一片後身，第四、五排織左右兩袖。班上座位剛好分五排，每排工作分量差不多。接下來就是比賽了，看哪一排織得最快。

下課織，上課也偷織。因為有幾位老師說話大家聽不懂，他們乾脆不講課，一到教室就背過身開始寫黑板讓大家抄，寫的是一問一答的問答題和標準答案，好讓大家背熟了接受月考和期末的大考。抄寫不一定要在課堂上抄，下課後再借同學抄好的來抄也可以，所以為了爭取時間，每一排都不讓編織的針停下。第一個偷織幾分鐘以後，悄悄傳給坐在背後的第二個人，然後是第三人、第四人的傳下去。傳到手比較巧的人手裡，她就會自動多織一會兒。大家都有本事把雙手藏在桌下摸索著織，但下課拿出來一看，當然織得不平整，有的線拉得過緊，有的鈎得太鬆，整片扭扭縐縐的，實在不好看。更糟的是分組完工以後，把成品湊在一起，這才發現左右兩片前身寬窄不一樣，兩袖也一長一短，怎麼辦呢？解決辦法還沒想出來，大家只顧笑成一團。

「不要笑嘛，請誰來善後？」心欣急得快要哭了。

「服務股長！」大家齊聲喊。因為服務股長淑娟最有耐心是大家公認的。初一家事課學繡花時，班上有人繡線打結，都是找她幫忙解開的。她除了有超人的耐心之外，最難得的是有很高的服務熱忱，遇到班上什麼沒人願意做的事，總是由她一人默默的去完成。現在要把亂七八糟的幾片織好的衣身組合縫在一起，除了她之外，當然沒有第二個人。

「哎唷——，頭大耶！」她皺緊眉頭，但半句也沒推辭。輕嘆一口氣說：「這，……只好拿回家，請我媽幫忙囉。」

過了兩天，淑娟拿回來一件相當像樣的毛衣，前面的開襟右邊有釦孔，左邊有一排漂亮的貝殼鈕釦。

「哇！好棒喔！」大家齊聲歡呼。

淑娟說：「有的拆短，有的加長，我媽媽還噴水，用熨斗熨了老半天，好不容易才一片一片熨平，然後教我如何連接起來縫。」

「黃淑娟萬歲，黃媽媽萬萬歲——！」大夥又叫又跳，興奮好一陣子以後，開始商量如何送給ㄌㄠˇㄞˊ。

「當然要包裝。」

「還要綁個緞帶蝴蝶結。」

「然後是奏樂——，『獻給親愛的老師！』」

「別開玩笑了，又不是在音樂教室上童子軍課，怎麼奏樂？鼓掌好了。」

大家七嘴八舌，終於決定當天下午的童子軍課，上課時行完禮，就由班長代表全班呈獻給老師。

緊張的一刻到了。老師接過手，楞楞的，不知大家跟他玩什麼遊戲。

「老師拆開！」

「老師快點拆！」

老師拆開包裝紙的同時，初二甲全班同學齊聲喊：「送、給、老、師——的，毛線衣！」然後一起鼓掌。

ㄌㄠˇㄞˊ一笑，突然沉默起來。他拿著毛衣看了許久才抬起臉，不停的頷首，不停的說：「謝謝，謝謝，謝謝……。」眼眶紅紅的，差點沒掉出眼淚來。

入冬以後，看到ㄌㄠˇㄞˊ每天穿著那件棗紅色的毛衣，大家都感到很欣慰，因為ㄌㄠˇㄞˊ不需要再一直搓手縮脖子，看起來年輕、有精神多了。

16

死背，沒意思！

「老師，講故事！」初二甲的學生不管是課內或課外，只要有機會就吵著要老師講課本外的故事，尤其是大家最好奇的大陸的種種。因為她們從小對大陸一無所知，到十多歲時卻突然被告訴說：「我們不是日本人，我們是中國人。中國大陸是我們真正的祖國。」問題是中國大陸在哪呢？那裡氣候和風土人情習俗等，跟臺灣一樣嗎？這一切的一切，對十多歲的初中生來說，實在太好奇了。偏偏那時候根本沒什麼圖書，當然也沒有介紹大陸的電視或電影，唯一的資訊管道，就是外省籍老師的口述。不過有的老師喜歡講，有的老師不喜歡講。教學認真的老師認為把課本教好是最大的職責，因此上課不講課文外的半句「閒話」，當然也就不會講關於大陸的種種了。

幸好，也有比較了解學生的老師，知道讓學生先了解、認識「祖國」，比授課更重要，因此常在講課的時候，講呀講的，就講到「大陸」去了。

本來歷史老師和教國文的導師，最有機會講這方面的話題，偏偏歷史老師的國語沒人聽得懂，而導師又是一位沒有半點親和力的「機器人老師」，因此初二甲的學生就纏住幾位脾氣比較好的老師，伺機鬧著要老師講大陸的故事，不要上正課。

當時最會講「大陸」的有兩位，一位是教地理的ㄎㄜˇ ˙ㄅㄟ ㄕㄥˇ，一位是大家最喜歡的童子軍老師ㄌㄠˇ ㄞˊ。

先說ㄎㄜˇ ˙ㄅㄟ ㄕㄥˇ吧，他為什麼叫ㄎㄜˇ ˙ㄅㄟ ㄕㄥˇ呢？因為初二上學期的地理課本第一課是「河北省」。老師第一天來上課，打開課本就大聲念：「ㄎㄜˇ——˙ㄅㄟ ㄕㄥˇ」。全班同學吃吃笑起來，然後不約而同的跟著他念了一句「ㄎㄜˇ ˙ㄅㄟ ㄕㄥˇ」，再回頭我看你，你看我的互望著笑，笑聲裡有默契，ㄎㄜˇ·ㄋㄟ ㄕㄥˇ這綽號也就這樣定了。

ㄎㄜˇ·ㄋㄟ ㄕㄥˇ說話聲音很大，而且一字一句慢慢說，因此國語雖然不標準，但大家都聽得懂。他不理會學生們的笑聲，悠哉悠哉背過身，便很俐落的在黑板上畫了一個好大的河北省地圖輪廓，然後一邊念課文一邊畫，把課文裡說的城市、河流和山脈，在地圖上標示出來。

課文開頭就寫：

河北省是北部地方最重要的省區。境內差不多全是沖積平原，高度在五十公尺以下，一望無際，非常平坦。包括平、津兩個院轄市，地位非常重要。北有燕山山脈，高度約一千公尺，與熱察丘陵接界。西有太行山脈，高度約一千五百公尺，與山西高原接界。由察南晉東流入本省的水，分成五條大河，在天津相會稱海河，又稱沽河，東流入渤海。河北平原是黃淮大平原的北部，由海河與黃河合力沖積而成，土層深厚，約達一千公尺。……

ㄎㄜˇ ˙ㄋㄟ ㄕㄠˇ把文字化成圖示，在黑板上逐項標示出來，可以說講解得非常清楚。然而講臺下五十多張臉，卻都露出茫茫然的表情，因為每個城市、每座山、每條河、每個平原或高原的名稱，都是第一次聽到的陌生名稱。初二甲的學生讀小學的時候沒上過地理課，對中國地理半點概念都沒有，現在突然冒出這麼大串聽也沒聽過的生疏地名、山名、河名，怎不頭昏腦脹，不知該從何記起呢？何況很多名詞也不懂什麼意思。

性急的同學等不得老師把一句話說完，就舉手發問：

「老師，什麼叫沖積平原？」

「老師，什麼叫院轄市？」

「老師，山脈、丘陵和高原要怎麼分？」

「老師，一千五百公尺有多高？比我們彰化八卦山高多少？……」

老師搖搖頭說：「難得你們這樣好學又好問，可是，這麼複雜的課文，要怎樣解說才能讓你們完全明白和吸收呢？我看這樣吧，我們先不要管地理形勢如何，我來告訴你們『河北省』這個地方，現在是什麼樣的狀況。」老師講得激動，全班個個睜大了眼睛，聽得鴉雀無聲。

就這樣，ㄎㄜˇ ˙ㄋㄟ ㄕㄠˇ變成初二甲學生全體喜愛的老師，每次上地理課，都吵著要他講故事。有時他講自己的富裕童年，有時講戰時困苦的克難生活。他常常講著講著，突然舉手瞄一下手錶，慌張說：「不行，上課不能盡講『閒話』。來，大家打開課本，上次教到哪了？」

大家輕嘆一口氣，無可奈何的翻開課本。在沒有課外讀物也沒有故事書可以看的那個時代，老師的「閒話」就是學生們的精神糧食。尤其求知慾特別強烈的初二甲學生，怎麼肯放過老師不講「閒話」？

「老師，繼續講嘛，我們幫您計時，再講五分鐘。」戴錶的龍頭指著腕錶大聲請求。

「對對對，時間到了我們會告訴您，老師繼續講嘛！」全班鬧哄哄。

「好吧，以後每天上課前給你們講幾分鐘『時事』。」老師自己開出支票。

「好棒喔！」大家忍不住鼓起掌來，因為「時事」也是大家最愛聽的。天下事誰不想知道？但大家不會看報紙（看不懂），想做知識少年得靠老師呀！

「ㄎㄜˇ˙ㄅㄟ ㄕㄠˇ真好，我最愛上地理課。」阿丁這麼說，其他同學也都這麼說，可是只要一提起考試，大家就皺眉頭了。雖然上課時大家認真聽講，但聽的是所謂的「閒話」，考試當然不考閒話，而要考課文呀。

「背吧，背書。管它什麼意思，反正囫圇吞把課文全背下就可以寫考卷，就可以得一百分！」記性好又肯用功的同學考一百分考得很開心，但像阿丁一樣討厭死背的人，就常在六十分的及格邊緣膽戰心驚了。

「死背，沒意思！」阿丁乾脆把歷史和地理兩門課豁出去，跟著一群同樣不肯用功的同學，開始調皮搗蛋，成天想點子惡作劇尋開心。不久，頑皮的人愈來愈多，初二甲也就變成全校有名的頑皮班了。

17

團結就是力量

同樣喜歡講大陸的種種，童子軍老師ㄌㄠˇㄞˊ講的多半是趣聞或一般常識，而不談政治上的悲劇。

例如看到校園裡的蓮霧、芒果和龍眼，他就說：「這種野果子有什麼好吃？大陸的蘋果、杏、李子、桃子和梨，又大又甜，才好吃哪！」

「老師，大陸的梨子真的好吃嗎？臺灣梨皮厚肉粗又不甜（那時還不是現在的改良種），一點也不好吃。」

「梨呀，北方有一種叫『鴨梨』的，好大好甜。雲南的『火把梨』一半粉紅色，一半翠綠色，才漂亮呢！而且甜中帶點兒酸，好脆好香，好吃極了！」

「好奇怪，臺灣的梨為什麼不好吃呢！」

「對呀，為什麼呢？為什麼你不問老師，是不是因為氣候、土質、或是品種不同？」這位老師隨時不忘提醒學生思考。

於是老師講起各地不同的產物與氣候。他說：「北方冷的地方冷到零下三十幾度，下雪天外出不戴耳套，回家耳朵一摸就掉下來了。」

「呀，好可怕喔！」沒見過雪的臺灣孩子大聲驚叫。

老師笑著說：「那是北方人唬孩子的話。不過會因凍瘡而爛掉倒是真的。」他想一下又說：「從前有一個人，一生只洗過三次澡。一次是剛出生的時候，一次是要結婚的時候，還有就是死的時候。」

「咦，好髒啊！」大家癟嘴皺眉。

老師說：「看你們，沒有動腦的習慣。聽到奇怪的事，應該先懷疑，然後求證，最後是求出答案。試試看，要怎麼懷疑或怎麼相信這個說法？」老師提醒大家腦力激盪。

「我不相信。因為長年不洗澡，身上的油垢全堵住汗腺和毛孔，會得皮膚病，活不到娶新娘子的年齡就會死掉了。」

「我相信。因為他住在冰天雪地，只有冬天沒有夏天的地方，不會流汗所以不會臭也不會得皮膚病，當然可以不洗澡呀。」

「可能他不長命，一歲結婚，兩歲就死了。」

「一歲怎麼結婚？」

「咦，在肚子裡還沒生出來都可以指腹為婚，一歲為什麼不能結婚呢？」

「可能……」

「老師，答案是什麼？是真？是假？」

老師笑著說：「沒有答案，說是真也可以，說是假也可以，主要是要想出個道理來告訴你自己。這叫獨立思考的能力，不要人云亦云、人家怎麼說你就跟著怎麼說。童子軍除了培養服務熱誠之外，還要培養獨立思考和判斷是非的能力。」

跟ㄌㄠˊㄎㄞˇ聊天就是這麼有趣，所以大家喜歡纏著他談天。尤其他住的「克難房間」就在初二甲教室旁邊，因此除了上童子軍課時間之外，午休時間和放學後的時間，都可以跑去纏他。

「老師，我們要野外教學，不要教室裡上課。」

「好哇，雨天在教室裡上課，晴天當然帶你們出去玩！」

老師把教學說成「玩」一點也不假。上童子軍課真正像在玩一樣，沒有比童子軍課更新鮮有趣的了。因為老師常說「學以致用」，學到的東西一定要應用在生活中才不會忘記，也才學得有價值。他上課教完旗語，就真的帶學生到八卦山，讓大家分組站在喊話聽不到的小山頭上，舉著一藍一白的小布旗比旗話，讓對方接收記錄下來。等下課後再互相比對，看有沒有記錯，還會比賽呢！

「注意看、注意看，你們念，我記錄。」接收一方的組長好緊張。

「十」、「二」、「時」、「山」、「上」、「集合」，同組的夥伴們興奮的一字一字念出句子。

「阿丁，你打旗語告訴對方『知道了』」。

阿丁比畫完把小布旗交給組長：「換我們傳話，來，我們念，美女你打。」

大夥齊聲念：「東」「山」「下」「有」「水」，美女比了一次又一次，始終看不到對方打出「知道了」的信息。

「好笨喲！怎麼辦？」美女急壞了。

「咦，我們的約定是比五次，對方不會收是他們的錯，我們贏定了！」大夥拍手好高興。

玩罷旗語下了山，同學們面對面，成對玩起手語來。有好長一陣子，初二甲像聾啞班，大家說話都比手不開口。無法溝通時說話的人急得咿咿唔唔想開口卻又強忍住，忍到不能再忍時，噗嗤一聲，大夥笑成一團。

「老師，我們學會了搭帳篷以後，您真的要帶我們到山上露營嗎？」老師講完結繩和搭帳篷的方法以後，大家迫不及待的問。那天下午在樹下上課，第一節講解，第二節動手做。

「當然真的，如果不能到山上露營，至少也可以在運動場上露營，還可以開營火晚會呢！」

「萬歲！艾老師萬歲！」大家像瘋了一樣又叫又跳。

「老師，什麼時候？」

「暑假。」

「哇，好棒啊！」就這樣一邊聊天一邊動手，照著課本上的說明和步驟，四組帳篷就在運動場邊的樹下搭起來了。

「四周要撒石灰防蛇，還要挖溝排水，萬一下雨，帳篷內才不會淹水。」

雖然只是在練習搭，並不真正要住人，但大家很認真的照著書上的說明，一板一眼把每一個細節都做得很完整周到。可惜有模有樣的帳篷剛搭成，下課鈴就響了。

「拆掉多可惜呀！」大家捨不得拆。

「我幫你們交涉，請訓導主任允許你們暫時不拆，讓你們課後當小屋子玩幾天。」老師說著急步走向訓導處去了。

走回教室時，大夥不約而同的唱起童子軍歌來。

中國童子軍* 童子軍 童子軍
我們 我們 我們是中華民族的新生命
年紀雖小志氣真高 獻此身 獻此心 獻此力 為人群
忠孝 仁愛 信義 和平
充實我們行動的精神
大家團結向前進 前進 前進
青天高 白日明

最後「嘿——！」一聲大叫，開始賽跑，看誰第一個衝進教室。

有一次在課外閒聊的時候，老師提起他小時候跟同學們玩過的「尋寶遊戲」。

「我們也要玩！」阿丁搶著喊。

「這……你們通學生星期天不能來，什麼時間玩呢？」老師笑著說。

「上課時間玩嘛，下星期三下午有兩堂連在一起的童子軍課，如果能不參加降旗，足足有四五個鐘頭，夠了吧？老師帶我們到八卦山玩！」彰化女中就在八卦山山腳下不遠的地方，走路不要一個鐘頭就可以爬到山頂上，來回兩趟路程加上藏寶和尋寶時間，四五個鐘頭的確夠玩。

「好吧！」這句話是老師最可愛的口頭禪。他說：「不過，不參加降旗典禮的事，你們得自己向訓導主任撒嬌求情喲！」

「沒問題！」大家異口同聲回答。但真正要去請求時，大夥卻推來推去，誰也沒勇氣自告奮勇去見訓導主任。

「班長去嘛，就說我們要去上『野外求生』課，『閻羅王』（主任的綽號）

沒理由不答應。」

星期三上午第四節下課後，趁主任還沒離開訓導處，初二甲全班同學全擁到訓導處窗口，看班長畏畏怯怯去見主任。

「初二甲，花樣真多。」訓導主任拉下眼鏡，吊眼睨視著窗外黑壓壓的初二甲人頭說：「成天盡想往外跑，艾老師帶你們去是不是？他呀，就是他把你們給寵壞的。」她輕嘆一口氣，無可奈何的揮揮手說：「去去去，不過要排隊去。只此一次下不為例，出校門記得守秩序！」

「唷嗬——！」大夥像印第安人一樣，高舉雙手呼叫著奔回教室，狼吞虎嚥吃完飯盒，就要整隊出發。

閱讀補充包

時代這樣改變，真好！

「童軍」是歷史悠久的國際組織。臺灣於一九五〇年成立「中國童子軍總會」，二〇〇九年改名為「中華民國童軍總會」，同時將《中國童子軍歌》改為《中華民國童軍歌》；歌詞首句的「中國童子軍」也改為「中華童軍」。

「等一等，我先教你們遊戲規則。」老師匆匆走進教室，拿出提袋裡分裝成一小包一小包的牛奶糖說：「我已經把號碼寫好了，從一號到十號，一組十包。你們分兩組，由東西兩條山路分別上山，一路走一路藏，到山頂上天文臺會合後，兩組交換去尋出對方藏的寶。不過有一個原則，一包跟一包之間的暗藏距離是一百步，而且在路的兩邊不超過五公尺的範圍內，樹洞、石頭縫、草叢間或樹根下都可以，高度不超過你們的平均身高一百五十公分。你們在路口的出發點做個記號，然後走到第一百步的地方停腳，地上做個記號，再去藏第一號寶物。藏好回到路上，再走一百步去藏第二號寶物。如此循序一路藏一路上山。不過，第十號，也就是最後一包寶物，大約在什麼地方，要告訴對方一個目標。如果你們能全找出來，每人能吃到兩顆牛奶糖。找不到，就請山上的螞蟻吃囉！」

「好棒啊，謝謝老師。」大家太興奮了。班長吹口哨叫大家排隊。不等她喊出整隊的口號，大夥已經自動排好隊唱起歌來：「中國童子軍、童子

軍、童子軍——。我們，我們……」一邊走一邊唱，步伐整齊極了。

老師的解說很清楚，大家按部就班的開始藏寶。到山頭上會合以後，A組告訴B組，第十包藏在前面那塊路牌附近，B組的人也指著前面說，那棵最高的樟腦樹，就是給你們A組的目標。

「嗶！開始尋寶！」老師吹口哨。大夥爭先恐後奔向目標。

「奇怪，草叢裡沒有，樹洞裡也沒有，到底藏在哪兒呢？真會藏。」原來要藏容易，要尋出來可就難了。不過找到時卻會叫人像瘋了一樣高聲歡叫。沒多久，遍山響起陣陣找到寶物的歡叫聲，林子裡的鳥兒們也唧唧叫著湊熱鬧，整座八卦山充滿了歡笑聲。

冬天夜長晝短，才五點多太陽就下山了。幸好最後一包寶物已經找到，大夥急步半跑著下了山。拖著疲憊的身子回到學校，沒點燈的教室已經有些昏暗。大家拿起書包正要走，阿丁忽然驚聲大叫：「我，我的皮夾不見了。」她摸著上衣口袋說：「一定是在山上亂竄時掉的。怎麼辦？皮夾裡有

剛買的火車月票，還有一張學生證和我的一個月零用金。……」阿丁急得說話帶哭聲，整個人好像要昏倒。

全班五十三對眼睛看著阿丁，沒有人說話。因為外面天色已經半黑，而且八卦山那麼大，大家走的範圍又那麼廣，到哪去找呢？阿丁當然不好意思請同學陪她去找，無助的哭了起來。

突然有個同學大聲說：「團結就是力量，我們全班五十三人共有一百零六隻眼睛，大家分組排橫隊，像掃瞄器一樣搜尋一番，一定能找到！」

「走，跑回八卦山！」大家同聲贊成，於是急急忙忙衝出教室，又跑回八卦山。

昏暗的山野寂靜得有些恐怖，冷颼颼的野風叫人發抖。大家為了壯膽，大聲唱起歌來：「大家團結向前進！前進，前進，不怕黑，不怕冷……」

「找到了——！」清碧的叫聲響徹灰黑的天空，傳遍寂靜的山野。

「萬歲！」全班歡呼，互相抱著跳起來。每個人都好像找到了自己的東西一樣，興奮得又叫又笑。阿丁感動得淚流滿面，連聲向大家道謝。

「謝什麼？助人為快樂之本，這是童子軍的信條呀！」清碧說。

「對對對，助人為快樂之本。」大家拍手附和，於是又說又笑的唱著凱旋歌下山。到山腳下大家揮手，在再見聲中分手，各自趕回家。

18 糗事一籮筐

「皮蛋，今天要玩什麼？有沒有新點子？」每次要上歷史課，大家就想著如何打發漫長的四十五分鐘上課時間。因為老師的話沒有人聽得懂（國語不標準）卻又不能不聽，大家乖乖坐著傻笑，頂多也只能維持十幾二十分鐘。剩下的時間大家耐不住，便開始蠢蠢欲動，想背著老師偷玩調皮搗蛋的把戲打發時間。

坐位在前幾排的同學偷玩容易被老師發現，因此最小心翼翼，除了自個兒偷偷畫漫畫，或偷寫作文或數學作業簿之外，不敢找伴一起玩。坐在後面幾排的阿丁一夥人膽子就大了，不但寫字條傳來傳去，甚至傳著撲克牌玩呢！

有一種畫畫的接龍遊戲，是皮蛋發明的。她先在紙條上隨便畫一條直線或一個圓圈什麼的，然後從桌底下偷偷遞給第二人接著畫，每人限畫一筆或兩筆，一個接一個傳下去，畫到最後，一個圓圈可能變成一個美麗的小仙女，也可能變成可怕的女鬼，更可能變成一張圓桌，上面堆滿各種好吃的食物，讓人見了口水欲滴，不覺飢腸咕咕叫起來。這遊戲剛開始的時候，前幾個下筆人無法預料往後會發展成什麼樣的圖形，而那圖形跟自己原來的構想，往往相差十萬八千里，所以玩來很有趣，每個畫完的人都急著想知道結果。然而上課時間是不能說話的，怎麼辦呢？剛好那陣子童子軍課學旗語，大家喜歡比畫著不說話，皮蛋乾脆召集全班人，共同定出一套手語。大夥勤練幾天以後，竟然也能比畫著互通言語了。有了手語以後，每當老師背過身寫黑板，全班學生就像瘋子一樣，忙著找人比畫。有人捏鼻子，有人拉耳朵，有人比手指，全教室好不熱鬧！

不過，傳紙條有時候很危險，萬一被老師發現了，不是被罰站就是被記小過一次。聰明的皮蛋腦筋一轉，為大家想出一個萬全的辦法：她在紙條背後先寫好一行字，老師發現了就拿那一行字給他看，每次老師看完不但怒容消失，而且轉露一臉歉然的微笑，摸摸那位同學的頭說：「對不起，老師說話太快是不是？」然後放慢語調，一句一句重說剛剛所說的話。原來那一行字寫：「剛剛老師說的那句話我聽不懂，下課後告訴我什麼意思，謝謝！」

有一天，下午第一節上歷史課，全班學生有一半在打瞌睡。坐在後排的皮蛋突然靈機一動，想用鉛作的空水桶給人套頭，把瞌睡中的同學給一個一個套醒。剛好老師背過身寫黑板要大家抄筆記，皮蛋知道他一寫就是整個黑板，沒寫完不會回過頭，所以很放心的拿起教室後面的空水桶往前面的同學套下去。被套的同學當然嚇壞了，但是這種惡作劇全班都很習慣，所以被套的人不但不生氣，還會自動摘下它，再往別人頭上套。

這樣一個套過一個，不知傳了幾個人，傳到了阿丁頭上，當時阿丁在瞌睡中作著惡夢，所以猛一驚，嚇得叫了起來，同時一個反射動作，把頭上的水桶摘下往地上一摔，教室裡響起了哐啷啷的鉛桶滾地聲。全班「嘩！」的爆出大笑聲。

「幹什麼？」老師回過身，他顯然被嚇著了。「站起來！」老師的臉漲得像一張紅紙，怒眼好像要吃人。「誰摔了水桶？」聲音如雷公，沒想到從不生氣的老師生起氣來這般可怕，這下站起來的人準被記過了。

阿丁怯生生正要站起來，瞄眼看到皮蛋也在推開椅子。沒想到她霍的站起來的同時，全班同學也都站起來了。老師更生氣的吼叫：「到底是誰？」

「是我！」全班齊聲回答。

「你們不怕全班記過？」

「是！」又是齊聲回答。

「為什麼要摔鉛桶？」

「因為要喚醒打瞌睡的同學。」皮蛋大聲回答。

「我就知道是你！」老師怒沖沖走下講臺，猛抓起皮蛋的胳臂，拉她往訓導處走。

「是我，不是她啦。」阿丁哭著追過去。老師卻怒喝她說：「你想頂罪？」他根本不聽任何人的解說，一口咬定：「除了她不會有別人，我知道她叫皮蛋！」

皮蛋除了要寫悔過書之外，也真的被記了一個小過。全班議論紛紛，有人說是阿丁故意害人，也有人相信阿丁不是故意的。從那天開始，阿丁發現有幾個同學在故意疏遠她。阿丁當然很難過，滿肚子委屈要向誰傾訴呢？她想起初一的導師楊老師，如果楊老師還在，她一定會把事情的經過寫在週記上面。可惜楊老師走了，現在的導師綽號叫「機器人」，不管學生在週記上寫什麼，都只批個「閱」字。一看就知道他根本沒真正「閱」過，這樣的週記誰願意多花時間認真寫呢？

「算了！是不是故意，頭頂上的神知道！」阿丁自我安慰著，只有等待時間沖淡這件事了。不過想一想，被冷落的日子太難捱，要等什麼時候大家才會淡忘而不怪罪她呢？不如證明一下，自己也是喜歡調皮搗蛋的「英雄」吧！

阿丁想呀想的想出一個好點子，於是撕下半頁練習簿的紙，畫一個小丑，告訴同學們說，下次歷史老師來上課，她要把那張畫小丑的紙片，偷偷貼在老師的背上。

「真的？你真的辦得到？」

「當然真的，不過要找幾個人幫忙。下課後不要讓老師走，幾個人圍著他問問題，我趁他不注意的時候，偷偷用飯粒把它給黏上。」

「好好好，我們來作弄作弄他，誰叫他要給人記過。」大夥拍手贊成。

第二天，一切照著計畫進行。老師背上貼著小丑，從初二甲教室外面的走廊，一直走向教員辦公室。路經初二乙、初二丙、初二丁教室時，看到的人都嘻嘻笑。老師覺得怪怪的，一會兒摸摸臉，一會兒摸摸頭，他的動作更引得同學們哈哈大笑。

「笑什麼？莫名其妙！」他嘀咕著走進辦公室。艾老師看到了，幫他拿下小丑說：「笑這一個！」

老師「嘖！」一聲說：「初二了還像三歲小孩，不怕調皮得太過分，我再捉幾個來記過。」幸好老師沒生氣，阿丁安全過了關。如她所預料，全班視她如英雄，大家嘻嘻哈哈又跟她玩在一起，很快就把那件不愉快的事忘得一乾二淨了。

又有一天，皮蛋一到學校就大聲嚷著說：「要不要聽？聽我跟美女的糗事。準讓你們笑破肚皮，狠狽、滑稽死了！」說完自個兒抱著肚子咯咯笑個不停。

「快說嘛，什麼糗事那麼好笑？」大家圍過去。

皮蛋說，星期天她約美女到學校玩，一位高一的學姊看她們倆鬼鬼祟祟逗留在校長的黃包車旁邊，不知想幹什麼。

「兩個調皮鬼，是不是想偷坐校長的車？」學姊問。她本身也是高中部的調皮鬼。

「難道你不想坐坐看？不知高高坐在上面被人拉著跑，是什麼滋味？一定很過癮。」美女說。

其實豈止美女和皮蛋兩人好奇，全校學生都好奇呢！那種被人拉著跑的黃包車（就是指臺語的人力車），早在臺灣光復以前，就被自個兒騎著跑的腳踏車取代，而幾乎絕跡了。沒想到大陸來的女校長還坐這種車，而且車身好高好高，雪白的椅套乾乾淨淨，原本就很威嚴的校長坐在那麼高的車上，更顯得高不可攀，讓人不敢靠近她。那部車平常都停放在校門邊的傳達室前面，學生們從那裡經過，連碰都不敢碰呢。

「我來成全你們吧，要試就坐上去，我拉你們跑一圈。」那位學姊人長得高頭大馬，她自認拉著跑一圈是輕而易舉的。而且星期天傳達室裡沒有看守的人，要偷玩那部車，這絕對是千載難逢的大好機會。

「嘻嘻，好主意！可是，你拉得動嗎？」皮蛋有點不放心，但禁不住好奇，一邊說著一邊跟美女上了車。

「別忘了，本大姊是十項全能運動健將！」學姊說著一把提起落放在地面上的兩根粗大車把。剎時車把像翹翹板一樣翹到半空中，學姊被懸空吊起來，後面兩聲驚叫，皮蛋和美女從

車上彈飛出去，跌個四腳朝天，後腦勺腫出一個大包。而學姊繼續不停唉叫，因為她踢腳用力半天，翹起的車把怎麼壓也壓不回地面上。最後只好棄車，從翹天的車把上縱身跳下來。

「怎麼辦？」三個狼狽不堪的調皮鬼綠了臉，遠遠的車夫和兩名校工聞聲跑過來了。三個人合力，把車子扶起來，車夫萬般同情的望著皮蛋他們三個說：「怎麼辦？車子摔壞了，必須送修車店修理。你們要籌錢讓我偷偷送去修理，還是要我報告校長？……」

「不不不，不能報告校長。」學姊不等車夫說完，搶著說：「我們這就回去拿錢，直接送到修車店。你先把車子送過去，在那裡等我們。如果出錢能消災，阿彌陀佛，我們才不要被記過呢！」

就這樣，他們三人分攤修繕費，總算把糗事遮掩下來，但賠掉了一大筆儲蓄和零用金。心疼之餘也實在不甘心，皮蛋說：「我們約好下個星期天再來偷玩一次，換成兩人拉一人坐，一定能成功。」

「別夢想啦，車輪已經上鎖了，剛剛進校門時看到的。」美女說。

「你們這次頑皮，代價實在太大了。」阿丁笑著說。

「好了，要不要參加我們員林線的『壯舉』？」如惠說。

原來那個星期日跟國定假日連在一起，有兩天半的連休，因此愛玩的初二甲學生，三三五五相約，找地方去遊玩。

如惠所說的壯舉，是約四個彰化市的同學騎腳踏車遠征到員林鎮，然後跟員林線的三個同學會合，再繼續遠征到水源地（現在的百果山）去賞風景。

為什麼會想出騎車遠征員林水源地的壯舉呢？因為有一次魏美玉寫了一篇描寫外婆家的作文，說她外婆家住在水源地附近，那裡有個日治時代建立的公園，築在小山丘上。山麓下有一個佛堂，不時的傳出木魚與誦經聲。夏天在沉靜的林間，蟬鳴如雨一般灑落下來，坐在陰涼的樹蔭下聽蟬鳴，另有一番情趣。她把水源地的風景描寫得如詩如畫，老師給她連篇的紅圈圈眉批和一個「甲上」，並且把那篇作文張貼在教室後面的牆上供同學們欣賞。大家除了羨慕、激賞美玉的文筆之外，當然也想親眼目睹她筆下的美景。剛巧那時候大家剛看過一部令人嚮往的好電影，片名好像叫《小鳥依人》還是什麼的，由少女歌星黛安娜寶萍主演。這位少女歌星被奉為少女青春偶像，初中女生都很迷她。片中她演一名女校住校生，有一幕她跟一群同學騎腳踏車到野外郊遊的情景非常吸引人——她們穿著制服，上身的短背心在車子的急駛中漲滿了風，頭上和腰間的緞帶蝴蝶結隨風飄揚。她們一邊騎車一邊唱一首叫〈我會吹口哨〉的歌，樣子逍遙自在快活極了。因此如惠一提出邀同學騎車遠征的構想，馬上得到熱烈的反應，七個人隨即約好了時間和地點，決定第二天就出發，大家都想模仿電影中的演員，快樂逍遙一番。

美玉說：「我當然樂意當嚮導，可是我不會騎車，怎麼去呢？」

「沒關係，我們輪流載你！」住彰化的張淑麗搶著說。

就這樣大家照著計畫成行了。彰化隊四個女騎士精神抖擻的準時到達員林鎮。在黃秀賓家跟美玉她們會合後，馬不停蹄的繼續往水源地奔馳。到達水源地的小山丘上跳下車，大家已經累得喘不過氣來。

淑麗說：「餓死了，先吃飯包再聽蟬鳴吧！」

「邊吃邊聽呀！」美玉笑她沒有「詩心」。心欣說：「差就差在這裡，我們缺乏感性，看到再美的美景，也寫不出半字美麗的詩句來。」

吃過飯正想好好欣賞、體會美玉所形容的意境，天空突然一暗，響出一聲巨雷，驟雨說來就來，豆大的雨滴開始滴滴答答落下來。

「快跑，馬上回家！」因為山上沒地方躲雨，大家也沒帶雨具，不快逃準淋成落湯雞。

不過逃歸逃，當然逃不過愈下愈大的暴雨。大家只好在半路上一家河邊小店跳下車，擠在屋簷下躲雨。那裡距離員林鎮，還有二十分鐘車程呢！偏偏愈等雨愈大，天愈黑。差不多枯等了一個多小時，雨雖然小了些，但仍然下個不停。體弱的美玉「哈啾！」一聲，打起噴嚏來。秀賓當機立斷說：「不能再等了，冒雨回去，到我家洗澡換衣服，否則我們七個人都會感冒的。」

問題是誰要載美玉呢？一陣雨把沒有鋪柏油的泥土路沖得泥濘不堪，自己騎車都很辛苦，怎麼有能力多載一個人呢？美玉不等別人開口，自己先說：「我走路回去好了，反正誰也載不動我。我慢慢走，比你們遲到一點也會到家的。」

好心的店主給了美玉一把破紙傘（油紙傘），美玉先走入雨中，六個騎士也淋著雨，辛苦的踩著車走了。本來三四十分鐘就可以到達的路程，美玉整整走了一個鐘頭才到達秀賓家，騎車的人也沒快多少，不過比美玉早十分鐘到達罷了。

秀賓的媽媽見一群落湯雞狼狽萬分的走進家門，驚驚慌慌馬上叫她們輪流去洗澡換衣服。她早已準備好了熱呼呼的米粉湯和一大疊乾淨的內衣褲和便裝，說：「將就著穿吧，有幾件秀賓她姊姊的衣服也許大了點，你們自己挑著穿吧。」

秀賓的爸爸是員林的名醫，家境富裕房子大，還有兩個傭人，因此四個彰化客人全被留下來吃飯住宿，還幫她們打長途電話通知每個人的家裡。大夥有機會在外面多玩一天，反倒覺得那場雨是喜雨而不是苦雨了。

問題是第二天怎麼回去彰化呢？心欣說：「不要騎車了，我的腿痠得像是要斷掉，再也踩不動車輪了。我們去坐火車，腳踏車也由火車運回去，回家我要睡個痛快！」

就這樣她們結束了兩天一夜的旅行。如惠得意的說：「怎麼樣，我們的『壯舉』，很了不起吧！」

「別吹了，騎士變成落湯雞，說『糗事』還差不多！」阿丁揶揄她，大夥都笑開了。

19

常勝軍，真神氣！

「聰明是聰明，可惜調皮搗蛋，太不用功了！」每位老師都這樣批評初二甲的學生。

「有什麼辦法？上課聽不懂，不調皮搗蛋，怎麼打發漫長的枯坐時間呢？」初二甲的學生把責任推給國語不標準的幾位老師，大家不用功卻也心安理得。

不過，聰明的初二甲學生，骨子裡個個都好勝又好強，旺盛的精力不用在死背書和毫無意義的考試上面，自然會另尋方向和管道求表現。

爭取各項比賽的冠軍，就是初二甲的學生最喜歡也最熱衷，幾近瘋狂的「挑戰遊戲」。

剛好那陣子學校也為學生讀不了書（缺乏適當教材與國語標準的教師），而儘量以團體活動和各種比賽代替教學活動。如服裝儀容比賽、清潔比賽、花園種花比賽、合唱比賽、舞蹈比賽、寫生比賽、國語、英語演講比賽、朗讀比賽、乒乓球、籃球、排球比賽、接力賽、拔河比賽、壁報比賽、成績展覽……，甚至還有解數學難題比賽和腳踏車騎慢比賽。真正的花招百出，而且一個比賽接一個比賽的舉辦，讓好挑戰的初二甲全班都樂壞了。

「當然要得第一，非第一不可！」這是初二甲的口號，也是初二甲的志氣與驕傲，為了拼第一，大家的團結和合作，發揮到極點。

「不坐轎的人抬轎！嘿喲，嘿喲！把初二甲的選手抬上世界最高的聖母峰！加油加油，嘿喲嘿喲，嘿喲喲……」這是初二甲人自編的啦啦隊歌，它代表初二甲精神。

顯然抬轎的人比坐轎的人開心。因為抬轎人只有興奮沒有壓力，坐轎人心情可就不輕鬆了。因為代表初二甲出去比賽，萬一奪不到冠軍，怎麼向好勝、非第一不可的初二甲全班同學交代呢？

就因為這樣，沒有人敢爭著要當選手出風頭。每次都是我推舉你，你推舉我的，推舉半天才選出選手。不過選出來的一定是真正最強的強手。問題是有人能力雖強，但是會怯場，這就得靠大家幫她想法子克服和壯膽了。

有一次推選「腳踏車騎慢比賽」的選手，坐在最前排的敏娟很意外的被選上。她急得快哭出來。懇求大家說：「求求大家『饒』了我吧，我個子這麼小，怎麼跟人家比賽呢？一定得不到第一的。」

「你每天騎一個多鐘頭的車上下學，沒有人比你更有經驗，你一定能替初二甲奪冠軍！」

「我們都對你有信心，你怎麼可以對自己沒信心呢？」

「我們會陪你練，從今天開始每天午休時間練一小時，夠了吧？」

大家你一句我一句的給她打氣。敏娟卻仍然苦著臉說：「你們不知道啦，我會怯場、會緊張，到時候一定害怕慌張得連車帶人第一個倒下。」

她很安靜，平日很少聽她說話，只見她每天形色匆匆的騎車趕上下學。但是她的功課好，筆記簿寫得很整齊，大家知道她認真又細心，相信她會為了奪冠軍而下功夫苦練。

軟心腸的心欣說：「敏娟，你只要盡力而為，得不到第一也沒關係，利用這次機會練練膽子嘛。」

「對對對，不得第一也沒關係，只要盡力而為！」大家異口同聲說。初二甲的「腳踏車騎慢比賽」選手，就這樣敲定了。

比賽那天學校突然宣布，不能使用自用車比賽，而臨時抽籤，要騎學校準備的車子比賽。可憐的敏娟個子最小，卻抽到最高的二十八吋車，看她牽著坐墊跟她肩膀一樣高的大車子出場，初二甲全班同學倒吸一口冷氣，大家認為準沒希望了。因此安慰她說：「不要緊張，即使最後一名也沒有人會怪你。今天我們運氣不好，你抽到的車子太高了。」

敏娟緊張得臉色一陣青一陣白，動作卻十分輕巧俐落。只見她腳跟一蹬，身子一伸，便跨上了車。但為了穩住車子，她用力踩下踏板，車輪滾了兩圈，一下子就前進好幾公尺，她衝得太快了。

「敏娟加油，初二甲加油！」全班衝著她大聲喊。果然她不負眾望，兩手握著把手，身子一扭一扭的保持平衡，竟然能控制車子不倒也不前進。在她後面的人一個一個超過她，進入終點線。沒超過她的也一個接一個倒下。最後，二十幾個選手只剩下三個還在終點線前面苦撐。觀眾緊張萬分，原來騎得最慢的一位高二選手，突然失去平衡而「啪」的倒向一邊，另外一個初三的一緊張，竟然踩輪子衝了出去，最後剩下的是個子最小、車子最高的敏娟。

「萬歲——，敏娟萬歲，初二甲萬歲！」

「好厲害哦，小小敏娟，大大的勝利！」

全班像瘋了一樣又叫又跳。隔壁班的同學都在癟嘴，樣子又妒又恨，顯然氣憤初二甲樣樣得第一。

偏偏別班愈嫉妒，初二甲愈團結。服裝儀容比賽的日子，市內生總不忘多帶一雙刷白粉的雪白布鞋，借給通學生臨時換穿。發現有人忘了繫皮帶，住校生也會像一陣風一樣飛回寢室，自動抓一條來借給那位同學。

教室的清潔比賽要得第一並不簡單，因為有潔癖的訓導處生活管理組組長，不厭其煩的做突襲檢查，有時候上課時間突然從窗外探進頭，掃視每位同學的課桌椅下面。有時候午休時間大家趴在桌上午睡時，她也會走貓步進教室繞一圈。不管什麼時間，只要被她發現一張小紙屑或桌椅擺歪了，就會被她在隨時端在手裡的紀錄簿上打一個「X」。初二甲為了要跟她「鬥」，特地選一位同樣有潔癖的同學林秀貞當服務股長，她有「你丟我撿」的偉大犧牲奉獻精神，從不責怪別人亂丟垃圾，只顧默默的撿撿撿。下課時間大家都在外面玩或在教室裡聊天的時候，她也不聲不響拿著掃帚掃來掃去，不但把地掃得光潔沒有半粒沙子，還不時的拿噴水壺噴灑一地的水霧，所以看起來特別清涼乾淨。管理組長找不出瑕疵，卻也捨不得給人滿分的分數，所以初二甲每星期都以九十七分或九十八分，得到全校清潔比賽的冠軍。

團體比賽比的是團隊精神，最團結合作的初二甲當然樣樣得冠軍。但個人的才藝競賽也因為人才濟濟，初二甲的代表多半十拿九穩，幾乎每項比賽都能得第一。

有一次學校舉辦臨時抽籤點將的國語演講比賽，每人都有被點到的危險，但機率畢竟不高，因此大家存著僥倖心理，根本沒有人肯下功夫認真準備。初二甲開級會時，討論出一個穩操勝算的策略——大家同樣都沒有下功夫準備，但是要以好的內容取勝。

就這樣，大家公推最會寫作文的黃美娥為大家寫演講稿，共同擬定的題目是〈犧牲小我完成大我〉，談的正是初二甲的精神，因此背起來有親切感而容易記，大夥齊聲朗讀幾遍，就差不多能背了。阿丁不是背書能手，別人會背了她還不會背，但還是存著僥倖心理，安安心心走進禮堂。偏偏命運作弄人，初二甲被點到的就是丁淑惠。「怎麼辦？我真的不會背呀！」阿丁急得快要哭出來。「別急別急，我們派寫稿的黃美娥躲在幕後幫你提詞。」智多星想出好點子。

阿丁萬般惶恐的上了臺。心裡一緊張，連題目都忘了說，就「大我」「小我」的瞎扯起來，躲在幕後的黃美娥想提詞也無從插嘴。全班同學手心裡捏著冷汗，看她瞎扯不到兩分鐘就鞠躬下臺，大家認為這次真的完了。沒想到評審結果發表出來，初二甲竟然是初中部第二名。評審委員代表還特別提出來說：「初二甲的丁淑惠雖然緊張得有點結巴，但講的是真正自己想說的話而不是背稿子，內容相當不錯，因此只差第一名一分，以八十六分得初中部第二名。」

「阿丁萬歲！初二甲萬歲！」全班歡呼。

隔壁班發出噓聲，有一個人說：「不要臉，又不是第一名，萬什麼歲？」

「哼，你們得第一名神氣是不是？」初二甲的皮蛋把話頂回去說：「誰

 常勝軍，真神氣！

不知道你們的黃雅慧在北平上過小學，點到她是你們班上運氣好，第一名理所當然沒什麼好驕傲，我們阿丁的第二名才不簡單呢！」

阿丁猛舒一口氣，本來以為得第二名沒法交代，竟然還能得到同學們的稱讚與諒解。初二甲雖好勝，但也講理。

比賽常得冠軍實在過癮，初二甲的學生巴不得每天都有比賽。有一天，婉真遇到初一時的數學老師，半開玩笑的問她說：「吳老師，我們學校什麼比賽都有，唯獨沒有數學方面的比賽，您要不要設計一個讓我們玩玩？」

老師笑著說：「太巧了，我正在搜集資料，下個星期就要來個『解數學難題比賽』，要得名可不簡單哦！」她是不會講國語的臺籍數學老師，用臺語上課學生們百分之百聽得懂，而且她的講解清楚，大家都喜歡上她的課。有些原本不喜歡數學的同學，也因為她而變得喜歡數學了。

心欣就是其中的一個。她說，從前在小學寫算術作業時，遇到水流問題、植樹問題、雞兔問題……等等複雜的應用題，還沒算心就慌、頭就脹，常常解半天解不出來。沒想到上初中以後，老師教大家用代數Ｘ、Ｙ一代，什麼難題都迎刃而解，好像一下子變成了數學天才。「我好喜歡上數學課，因為數學課讓我感覺自己很聰明。」

吳老師所謂的「解數學難題比賽」，原來不是用ＸＹ可以代的數學題，而是需要思考、絞腦汁的智力測驗題。例如有一題說：「二點後，長短針第一次重疊的時間是？」還有：「青年節是星期一，問教師節是星期幾？」「搬八百塊玻璃，每塊給四元，破一塊要賠一百元，破了六塊，問能得多少工資？」「大人票每張五元，兒童票每張二元，賣出一千張，收入三千二百六十元，問各賣多少張？」「學生問老師年齡多少？老師回答說，『我像你們的年齡時，你們只有三歲；你們像我的年齡時我四十一歲。』想想看，老師現在幾歲？」……總共三十題，於上午第四節下課後貼在中央走廊的布告欄。願意參加比賽的人，只要利用午休時間把答案寫在答案紙上，投入箱子，降旗時就發表成績。滿分的當然有大獎品，算不完也沒關係，一個半鐘頭的午休時間能解多少題就寫多少題。如果大家成績都不好，得七十分或六十分、五十分，則每個人都有可能得第一名。喜歡思考又好挑戰的初二甲學生，當然不會放棄機會，一個一個都凝思絞起腦汁來。

「噢，真的不簡單，這麼複雜的難題，一個中午能解幾題呢？」有人嘀咕。

「這是比正確也比速度的競賽，有什麼方法能節省時間？」又有人自言自語般說。

「對，我們兩人一組合作，一起想一起算，不就節省一半時間了嗎？」婉真想出好點子。

「可以這樣嗎？會不會變成作弊？」初二甲全是正人君子。

「比賽規則沒規定不能找人合作呀！」婉真說：「這叫鑽法律漏洞。」

「我幫你們問老師去！」淑華飛也似的衝出教室，跑向教職員宿舍問吳老師去了。原來她對解難題沒興趣，決定放棄參加比賽，但願意為初二甲同學服務。

不一會兒，淑華氣喘吁吁跑回來，一腳還沒跨進教室，就上氣不接下氣的嚷叫：「老師說『當然可以！兩人或三人合作都可以！』」

「噓！不要讓隔壁班聽到！」有幾個人同時喊。

就這樣，大家兩人一組的各據一角認真思考，解起題來。阿丁被婉真拉到教室外面的樹下一起做，阿丁做單號題，婉真做雙號題，然後互相抄寫答案。當下午第一節上課鈴響起時，她們倆剛好做完最後一題。

「快抄，也許我們倆能得滿分。」婉真好興奮，抄好了率先跑去投箱。阿丁動作比她慢，抄完後沒時間再核對一次，因此抄錯了兩題。結果婉真滿分得大獎，阿丁得第三名。

成績發表時初二甲全班像瘋了一樣又叫又跳，因為除了婉真得到獨一無二的滿分首獎之外，第二名四人和第三名六人，全是初二甲的人。

「作弊！初二甲作弊！」隔壁班大聲喊。有人挺身站出來作證說，她親眼看到黃婉真和丁淑惠兩人躲在樹下一起做。

「我們問過老師，老師說可以兩人或三人合作一起做呀。」初二甲馬上反駁。

「是的，她們來問過。」吳老師歉然說：「比賽前我沒說嗎？噢，是我忘了說，真對不起。」

「不公平，這次比賽不算——！」同年級的乙班、丙班、丁班同聲喊。

「好好好，下學期再補辦一次。遊戲嘛，計較什麼呢？」老師笑著安撫大家。

把甲班當成假想敵和眼中釘的隔壁班卻不服氣，有人不屑的說：「不擇手段，沒什麼了不起！」

「是『智取』，不是不擇手段。」初二甲的人都心安理得。為了獲勝，當然得多動腦筋呀。就像參加乒乓球比賽的時候也一樣，賽前為了推選選手和搶用球臺多做練習，她們的妙計總比別班多一些。

首先推選選手時就要考慮一些問題。選單打的選手，要先舉辦班上的分組比賽，最後得冠軍的黃碧香代表全班出去參加全校的比賽，雙打的選手則要考慮個子高矮的搭配和有沒有默契的問題。那陣子學校流行打乒乓球，好強又好勝的初二甲學生個個都練就得能當選手，不過為了替班上奪取冠軍，誰也不敢搶機會爭出風頭。大家冷靜客觀的考量一番以後，最後決定由個子最高的玉梅與身手靈活的魏碧兒搭配出賽，因為高個子使用壓頂的架勢，有利於攻打，身手靈活的中個子有利於防守，而且她們倆很要好，常一起練球，互相熟悉球路，更能發揮默契作用。

至於搶球臺練習，要怎麼搶呢？雖然禮堂內和禮堂外的走廊總共有七八臺球臺隨時供學生們練習，但只有午休時有較長的時間可以練。初二甲教室離禮堂比別班遠，怎麼樣才能搶先呢？不吃飯盒先去打會餓到受不了，但吃飽飯再去卻又總是比別人遲一步。有一天，婉真想呀想的，突然說：「對，第二節下課時間先吃一半，第四節下課再吃另一半，這樣不但能節省一半吃飯的時間去搶球臺，而且有助消化。體育老師不是常提醒我們，剛吃飽飯不要馬上運動嗎？」

「好，好主意！」就這樣，要練球的同學開始利用第二節下課時間偷吃飯盒。一餐飯分兩次吃，上第三、第四節課時也不會餓得發昏，實在是個好辦法。而且每次搶球臺都「搶灘成功」，球臺有一半都被初二甲佔用，氣壞了別班。賽前幾天的密集練習發揮很大的效果，初二甲獲得了預期的單打和雙打雙料冠軍！

「冠軍，本來就應該冠軍嘛！」初二甲的人開始變得很驕傲。偏偏有幾位老師偏愛這一個好勝又好強的班級，更把她們給寵上了天。教音樂的朱老師就是最不怕人抗議的偏心老師。他的男中音很迷人，會獨唱，也會作曲。聽說還沒有逃難到臺灣來的時候，在上海很有名，是一位知名度相當高的音樂家。有人說是「小池養大魚」，像他那麼大牌的名人，到小小的彰化女中當教員，實在很委屈。不過他本身卻很樂觀，每天笑嘻嘻的喜歡自動找學生聊天。他常說初二甲可愛，自己也喜歡聰明的孩子。每次有靈感創作了新曲，他就拿到初二甲的音樂課上，讓初二甲全班試唱。有一次學校要組彰女合唱團參加校外比賽，每班只能選出幾個人加入，他卻讓初二甲全班加入。他說，以初二甲全班五十三人為主，不夠的再由全校每班級挑出兩三個加入就可以了。初二甲人當然很神氣，但別班人可就要罵他了，有人開始不稱他朱老師，而在背地裡叫他「大胖子、豬胖子」，因為他人長得高又壯，的確是個大胖子。

那次校外比賽是彰化市政府辦的，分小學組和中學組。中學組有彰化中學、彰化商職、彰化工業等三個男校，以及彰化女商和彰化女中兩個女校。每個學校都很認真的練習好幾個月才去參加。彰化女中有全國有名的大音樂家朱老師指導，當然輕而易舉的獲得了全市冠軍。初二甲人這下更加神氣驕傲，在校園裡走路搖搖擺擺，因為能為學校爭光呀！

「勝不驕，敗不餒。」是一句全班都會背的成語，但要真正做到並不容易。初二甲連連獲勝太多，無形中個個變得驕傲，每個人的心中都有一份優越感。尤其初二第二學期開學時，學校為了刺激學生多用功讀書，刻意做了第二次的能力分班，把甲班學業成績的最後五名降到乙班，再把乙班的前五名升到甲班，如此甲乙丙丁四個班級都做了小小的調整。這下甲班的人更神氣了，因為那是經過考驗以後被留下來的，真正貨真價實的「資優班」，不但學業成績第一，各項比賽也全第一，怎能不驕傲呢？然而別班同學看他們卻愈看愈不順眼，終於發誓要三班聯合起來把甲班給鬥垮！

剛好那時候有一位不喜歡初二甲的體育老師，大家說他嫉妒初二甲的學生只偏愛他的好友ㄌㄠˇㄞˊ（童子軍艾老師），所以常常罵初二甲驕傲、囂張。他好像有意要訓練乙班的籃球隊來打敗驕傲的初二甲。有一次他對ㄌㄠˇㄞˊ說：「你不能再寵她們。她們需要嘗嘗挫敗的打擊，好滅滅威風，否則過分自信，教育上對她們不好。」那是有一天他在跟ㄌㄠˇㄞˊ說話時，被班上一位同學在無意中聽到的。

「哼，原來他想整我們！」初二甲全班都好氣憤。看他在球場上熱心教乙班練球，愈看愈覺得他有陰謀！尤其放學後乙班班長去邀請他幫她們做課後的球技惡補，他也滿口答應著跑去指導她們。初二甲的人更是滿肚子氣惱。

「不要緊，我們無師自通！勤能補拙，我們自己苦練就是了！」初二甲人有愈挫愈勇的韌性和骨氣。問題是球場外的啦啦隊，使她們深感不是滋味。原來乙班球隊在練球的時候，丙班和丁班的同學都會跑去給她們壯聲勢喊加油。旁邊甲班練球的球場，卻沒有半個觀眾。

比賽那天，甲班投進球，不但得不到觀眾的喝采聲，還得到開汽水的噓聲。相反的，乙班只要進一個球，就能得到震耳欲聾的滿場歡呼聲和掌聲。雖然甲班自組的啦啦隊，喊破嗓子跟對方打擂臺，但終究寡不敵眾，聲勢壓不過對方。乙班的啦啦隊人數，多達好幾百人，甲班的只有自己班上三四十個人哪。雖然甲隊球員咬緊牙根奮戰，但受過體育老師特別訓練

的乙隊球技到底不凡，兩隊經過最後一場拉鋸戰以後，甲班終於敗下陣來。乙班丙班丁班三班學生，像瘋了一樣，又叫又跳又笑。甲班在眾人的嘲笑聲中像過街老鼠，低頭竄逃，奔回教室，關緊門窗，大夥趴在桌上嗚嗚嗚的大聲哭起來。窗外乙班丙班和丁班的一百多個人頭趴在窗玻璃上，笑呀笑的笑成一團。於是窗內窗外開始了哭聲和笑聲的比賽，哭聲愈大，笑聲就更大。

一位女老師排開人牆，推門走進教室，冷笑一聲說：「哭夠了吧？抬起頭來擦乾眼淚，看老師！」她是初二甲的新導師——張老師。

「謝翠薰站起來，告訴大家你哭什麼？」導師指名龍頭，她是初二甲籃球隊隊長。

「我們練習不夠，失誤太多，這是我這做隊長的責任，我好慚愧，我覺得對不起大家。」

「陳清碧，你呢？你哭什麼？」老師轉臉問皮蛋，她也是球員之一。

「很丟臉，很沒面子，我們不應該輸的。」

「丁淑惠，你呢？」老師問阿丁。

「都是我不好，我害了大家。罰球投籃不應該投不進去，我對不起大家……。」阿丁說著，又嗚嗚的哭起來。

「黃淑娟，你哭得最大聲，你哭個什麼勁兒？」淑娟不是球員。

「我不知道，……大家都哭，人家也跟著哭嘛。」

導師輕笑一聲說：「好了，每個人都有理由，回去寫在這一週的週記上面，問問自己為什麼輸不起？比賽有人贏，就有人輸，為什麼非要別人輸你們不可？還有，仔細想想丁淑惠的話，失誤的球員自責得那麼痛苦，大家不安慰她，還用哭聲來加重她的心理負擔，是不是不夠慈悲呢？好強可以，不要太好勝，做人要有風度。凡事多為別人著想，想想別人的感受。今天的事是好題材，回去好好寫『本週生活檢討欄』。如果欄太小不夠寫，自己加貼一頁。好了，回去吧。」

大家低著頭，默然拎起書包，只向老師揮一下手，沒說再見就走了。

第二天大家笑咪咪到了學校。皮蛋說：「好奇怪啊，『黑肉』愛訓人，但她的訓話聽起來很舒服，我們是不是臺語所謂的『欠人罵』？」

「我也有同感，每次她罵我們，我都覺得很痛快。我們本來就不欠誇，成天聽人誇獎，既不新鮮也不刺激，倒是被罵一頓，反而覺得很舒服。」龍頭說。

「好了，愛罵人的那個人來了，我們鼓掌『討罵』吧！」坐在後面的清碧，從窗外遠遠的看到導師走過來。

那是早自習時間。學校規定先到校的人不可亂跑，要安安靜靜坐在教室裡溫書，等鈴聲響，才開始清掃活動。

「鼓掌我贊成。因為『黑肉』的確夠認真，全校就是我們導師到學校最早，每天都來看我們早自習，別班的導師連升旗都趕不及呢！」

為什麼叫導師「黑肉」呢？因為她皮膚很黑，開學第一天見到她，初二甲幾個調皮鬼就給她取了綽號叫「黑肉」（用臺語發音）。其實導師人長得十分好看，不高不矮、不胖不瘦的身材，穿著素淨的藍布旗袍，看起來很典雅。尤其一頭烏黑的頭髮梳理得整整齊齊，雖然沒燙過，但髮梢內彎，顯然每天晚上都用髮捲把頭髮捲好了才上床睡覺。

「頭髮真美！」這是新導師給初二甲學生的第一印象，也許女生特別會注意到別人的頭髮吧。新導師那種髮梢內捲的邊分頭，正是初中女生認為最最漂亮的髮型。就因為有那一頭漂亮頭髮，初二甲學生一眼就愛上這位新導師。

「你猜她幾歲？看起來比我們大不了多少，做我們的姊姊差不多。」

「聽說大學剛剛畢業，跟著哥哥逃難逃到臺灣來的。」

「雖然年輕，但樣子好嚴肅。校長會派她當我們導師，代表她一定是個嚴厲的鐵娘子。」

「人家是專門來整我們的。因為初二甲無法無天，目中無人，遇到脾氣好的老師，不但不聽話，還會欺負老師。」純美說。她的姊姊是教務處職員，常常有內幕消息。

「『欺負』老師？別說得那麼難聽好不好？」

「說好聽是『作弄』，其實跟『欺負』有什麼不同？上學期『卡美』（日語：烏龜）不是被我們欺負得好慘嗎？」

提起「卡美」，大家都好得意，因為每個人都有作弄他的紀錄。阿丁為了作弄他，還差點出事呢！

「卡美」是上學期臨時來代課的體育老師，樣子像個高中男生，有張白白嫩嫩的娃娃臉，不敢正眼看女生（學生）。尤其點名的時候，叫女生的名字好像會害臊似的，聽到「有！」的應聲，也不敢抬起頭來看學生一眼。

「有趣！他怕我們呢！」第一天給初二甲上課，大家就發現了這位老師的「特別」。

「下次點名，我不應，你幫我應，看他會不會發現？」阿丁慫恿皮蛋。

「好，我們作弄作弄他！他到底怕我們什麼？」

「人家是漂亮的『男生』，怕被我們『女生』愛上、纏上呀！」

「有趣，真有趣！這麼膽小沒用的『男生』，我們應該給他取個有趣的綽號。」

「就叫『卡美』嘛，縮頭縮尾，世上最膽小的動物，不是烏龜嗎？」

就這樣，打從第一天開始，初二甲的人就不把這位男老師當老師看待，而一心想作弄他。

偏偏這位老師個性木訥，動不動就會臉紅，作弄起來特別好玩。除了點名的時候，一人頂替五六人喊「有！」的遊戲之外，最刺激的是考試時也替人代考。例如考跳高、跳遠、擲鐵餅或快跑，他只看成績不看人，因此一個人跳四五次幫人代考，他也不會發現。有一次阿丁幫秀賓代考跳高，卻不幸被發現了。因為別人多半從右邊起跑跨跳，阿丁卻習慣從左邊跳，而且秀賓跟阿丁的學號只隔一號，因此剛跳完自己的，又緊接著跳秀賓的份，老師雖然低著頭打分數而不抬眼看人，但感覺不對勁，因此驚然抬起頭來問阿丁：「你是？黃秀賓？」

「是……是的，我是黃秀賓！」阿丁只好說謊。因為不說謊，準是記過一次，回家不被父親罵死才怪呢！

同學們強忍著笑不敢吭聲，大家替阿丁捏一把冷汗，幸好最後平安無事的過了關。

下課後，阿丁拜託全班同學：「從今天開始，上體育課時我跟秀賓交換名字，求求大家可別喊錯了。」

同學們當然會幫忙阿丁。但不巧第二天上體育課時，老師叫大家推選球員，要組織排球隊參加班際比賽。有人提名丁淑惠，阿丁興奮的一個箭步跳到隊前。老師卻疑惑的說：「你，……你不是黃秀賓嗎？」原來昨天的印象深刻，老師認得阿丁了。

「噢，不，……不是選我啊？」阿丁趕忙退回自己的位置。

秀賓怯生生站出去，擠眉弄眼求大家說：「不不不，不行啦，我打不好，選別人吧！」

初二甲人反應快，當然不給老師發現破綻的機會。阿丁再次有驚無險的過了關，但失去當球員的機會，心中遺憾極了。

還有一次，皮蛋決心要跟「卡美」開個大玩笑。她說：「下午的體育課，要補寫作業的人不要去上課，我想辦法應付。」她想逞英雄。因為教務處突然通知要抽查地理和歷史的作業簿。很多人平時偷懶沒按時寫，急得像熱鍋上的螞蟻。

上課時老師看到稀稀鬆鬆的隊伍有一半以上的人缺席，奇怪的問：「為什麼人這麼少？」

「她們都『例假』肚子痛！」皮蛋大大方方說。「例假」是「月經」的代名詞，老師聽了一張臉馬上紅起來，當然不敢追問半句，就叫大家自由活動，隨便玩任何運動。

「好好玩喲，老師竟然怕學生。」初二甲人常覺得好笑。

「人家是排斥異性期，還沒長大嘛。」午休時間大夥正說著笑著，「卡美」剛好打初二甲教室前面經過。

「老師，你的新衣服好漂亮喲！」清碧從教室的窗子探出頭，大聲誇讚。因為她發現老師穿一件新的運動衫。

「老師好帥喲！」

「老師是不是要去相親？」

「老師，你有沒有女朋友？」

「老師是不是有約會？」

大家朝著他的背影亂喊亂叫。老師不敢回頭，但後頸紅紅的，可以想像他的一張臉一定漲得像「紅龜粿」，初二甲全班同學笑得東倒西歪……。

奉派來「整」初二甲的新導師進來了。大家竟然不約而同的鼓起掌來。

「什麼事這麼高興？」老師莫名其妙。

「請老師『訓話』！」龍頭忽然說。

老師笑起來：「一大早，訓什麼話？你們也沒做錯什麼，要訓什麼呢？其實老師最喜歡的不是訓人，而是講故事。有一則叫〈狐狸的影子〉的故事，你們聽過沒？」

「沒有！」大家齊聲回答，聲音高昂興奮。老師就開始講故事。

有一天傍晚，彩霞滿天，太陽快下山了。一隻狐狸背對夕陽，自個兒在山路上走。忽然，他被自己的影子嚇了一大跳。因為被夕陽照得通亮的山路上，一道又黑又長的影子，寸步不離的緊跟著他走著。

「哇，好大的影子！我的影子怎麼這樣長，這樣大呢？」狐狸高興極了。他告訴自己說：「原來我變大了。變大了才會有這麼大的影子呀！」

狐狸好得意，因此走路搖搖擺擺，他覺得自己非常了不起。

就在這個時候，迎面走來一隻大老虎。老虎走進他的影子裡的時候，狐狸很快的把自己的影子跟老虎身子的大小做了一個比較。他不禁大笑說：「哈，沒想到老虎比我還小呢！以前我不知道，還挺怕他們的，真是好笑！」狐狸這麼想著，很驕傲的誇口說：「喂，小小的小不點老虎小弟弟，你沒瞧見我狐狸大爺要從這經過嗎？還不趕快滾過來，跪在地上給我磕頭請安？」

老虎吼叫一聲，說：「你這臭小子，本來看你這麼瘦，不想吃你。這下不能不吃掉你了。」

老虎撲過去，三兩下就把狐狸吃進肚子裡去了。可憐的狐狸錯把拉長的影子當成真實的自己，結果白白送了一條命！

「講完了，好不好聽？」

「好聽！再講一個！」全班熱烈鼓掌，大家都好興奮。因為老師講故事不但有手的動作和臉部的表情，還有聲音的變化，真是精采極了。而最難得的是她的國語標準，聲音又好聽，大家不只喜歡她，已經開始迷她了。

「一天只講一個。這是古代希臘人伊索所編的寓言。老師那裡有一本《伊索寓言集》，很厚，有上百個故事。每一則故事都很短，但都有很深的哲理和含意。老師每天講一個給你們聽，聽完後要好好想一想，把你們的感想寫在日記或週記上面，也可以寫在作文簿上（導師教國文課）。如果你們有靈感或有興趣，也可以自己編故事。年少的你們生命力旺盛，想像力也豐富，好好掌握時間，不要枉費生命，多動腦筋，多讀書，多做點有意義的事，以後年老了才不會後悔。」老師說著在黑板上寫：「少壯不努力，老大徒傷悲。」

大家趕緊埋首抄起來。老師的每一句話都震撼著每一顆年少的心。老師繼續說：「其實你們怪可憐的，出生的時候學的是臺語，入學後開始學日語，日語都還沒有完全學會，又要改學國語，一波三折，失去了很多很多讀書的機會和時間。老師知道，你們從小除了讀課本之外，根本沒看過什麼故事書，當然也沒有養成閱讀習慣。其實看書是最有趣，也最使人著迷的，一旦迷上了它，你們就再也沒興趣調皮搗蛋，也沒時間玩樂嬉鬧了。要不要試試看，到圖書館借書？老師這裡有一份圖書館的書目，老師打勾的，都適合你們看，以你們現在的國文程度，看兒童故事書一定百分之百看得懂。別以為兒童故事書是給小小孩看的，真正好的兒童文學作品老少咸宜，每個不同年齡層次的人看了，當然有不同的感觸和不同的感想。像剛剛老師講的伊索寓言，小孩子聽了只覺得好笑，你們聽了大概不單單是好笑吧？所以，老師希望你們從兒童讀物開始，儘量多看，趕緊養成閱讀習慣。初二甲是資優班，求知慾比別人強，相信書本裡面的各種知識和各種生活經驗，一定能夠滿足你們的好奇，幫助你們進步，幫助你們成長……」

老師一說就沒完沒了，但沒有人嫌她囉嗦，大家巴不得她繼續「訓」下去。每次都等鈴聲響，老師才看看錶笑一笑，結束她的長話。

很快的，初二甲人開始迷看故事書了。有人說《白雪公主》好看，有人說《萬里尋母記》更更好看，教室裡充滿著「書香氣」，每個人都在談「書」，都在互相交換借閱書。有幾個原本喜歡瞎鬧的同學，突然變得不愛說話，而喜歡托腮，望著窗外的天空發呆。

「嗨，想什麼？」

「想《小婦人》的讀後感要怎麼寫？」

「你呢？你想什麼？」

「我在想，週記要寫什麼……」

「哦，你想『製造問題』，引起老師的注目對不對？」翠雲說話一向刻薄，她喜歡單刀直入，說出別人心裡偷偷想的事。

的確，那一陣子每個人都巴不得能夠成為「問題學生」，好讓導師約去「個別談話」，獨享導師對自己的特別關懷。

阿丁說：「早知道導師喜歡『問題學生』，我就把自己寫壞一點。」

阿丁指的是這一學期的第一篇作文——〈我的家庭〉和第二篇作文〈我〉。

原來這位教國文的新導師第一次給初二甲上作文課的時候，一進教室就在黑板上寫：「作文題——我的家庭」。

「不要——！」全班齊聲叫。因為打從國小學寫作文時開始，這題目不

小婦人
基度山恩仇記

知寫過幾百遍了。

「不要也得要，你們非寫這題目不可，因為我要了解你們。」老師斬釘截鐵說。

大家噘起嘴，心不甘情不願的寫了介紹自己家庭的公文式作文。第二次上作文課，老師和上一次一樣，毫無通融餘地要大家寫〈我〉這個題目。大家苦著臉，不知該從何寫起。阿丁悄聲對鄰座的素娥說：「我就是我，兩個眼睛一個鼻子一張嘴，普普通通一個人，有什麼好寫的嘛。」

沒想到被老師聽到了，她笑著說：「就這麼簡單嗎？你喜不喜歡自己？滿不滿意自己？你每天過著什麼樣的日子、什麼樣的生活？過去的你和現在的你一樣不一樣？未來呢？你希望未來的你是個什麼樣的人等等等等……，可以寫的多著呢！」老師像機關槍掃射一樣，一口氣念出一大串可以寫的題材。大家睜圓眼睛，會心的露出笑臉，於是埋首寫呀寫的寫起來。作文課兩堂連在一起總共有一個半鐘頭，但多半的人還是寫不完。

「哇，我寫了四頁半。」心欣好得意。

「瞧我的，六頁又一行！」淑貞拿起作文簿向大家展示。

老師說：「沒寫完的帶回家繼續寫，明天中午交就可以了。」她看大家寫得那麼起勁，也好開心。

只隔一天，老師就批改完了把作文簿發還給大家。每個人都神祕兮兮的半掩著簿子偷看老師寫的評語和所批的等第。

「我們倆交換，好不好？」得到甲下的阿丁找陳秀美交換，她想知道同樣作文拿手的秀美，得到什麼樣的評語和等第。

沒想到秀美第一篇得甲，第二篇甲上，兩篇都比阿丁好，而且一串串的紅圈圈眉批也比阿丁多。阿丁有些嫉妒，問她說：「可以看內容嗎？」

「當然可以！」秀美大大方方說：「看了你就知道真正的我是什麼樣一個人，不要看我在學校成天嘻嘻哈哈的笑鬧，其實我一點也不快樂，因為我現在的媽媽是後母……，」她長嘆一聲說：「你自己看好了。」

原來秀美的後母只愛自己生的孩子，而不愛前妻生的秀美他們姊弟三個。她每天早上天沒亮就得起床燒飯，準備全家人吃的早餐和自己要帶的午餐，傍晚放學回家以後要幫忙後母做許多家事，從打掃、洗衣服、洗碗到給弟弟妹妹們洗澡，總要忙到晚上九點以後，才有時間看書或寫家庭作業。但她並不怨恨後母，只嘆自己命不好，還說後母其實也很可憐，因為她爸爸體弱多病，微薄的公務員薪水，要養家也要養病，後母脾氣不好也是有原因的。

阿丁幾乎不敢相信的抬眼看秀美。在學校她是皮蛋的好搭檔，兩人一搭一唱，成天笑哈哈的盡找人開玩笑，任誰看了，都以為她是無憂無慮的幸福孩子。

秀美說：「怎麼樣？很意外吧？」她冷笑一聲又說：「不過，我要開始改變了，因為我不能讓了解我、關心我的導師失望。導師給我的評語你看了沒？我感動得哭了一個晚上。」

導師的評語寫：「難得你小小年紀這麼懂事，你是個懂得體諒別人的善良孩子。『逆境』不一定是壞事，有時候反而能激發一個人努力上進和成功。老師祝福你！」

阿丁好羨慕。因為她得的評語是：「文筆流暢，敘事清楚。」一點也不貼心。

第二篇作文〈我〉，秀美一開頭就寫：「我是人，是一個人。每個人的命運不同，我的命運好像注定要比別人吃更多的苦。不過，俗語說：『吃得苦中苦，方為人上人。』導師也安慰我說：『逆境未必是壞事，有時候反而……』。」洋洋灑灑一大篇，一會兒引用俗語、成語，一會兒引用老師的話。阿丁看得眼睛巴眨起來，沒想到秀美那樣有學問，難怪老師給她連篇的紅圈圈眉批和一個令人羨煞的「甲上」。

不久，班上要做壁報，老師選秀美那篇〈我〉放在刊頭。隔壁班的人發現了一個傳一個，說甲班有一個寫〈我〉，寫得好棒好棒。於是大家爭著看，看完還想看看陳秀美本人是什麼模樣呢！

果然，陳秀美一百八十度的變了，變得安靜愛看書。她常到圖書館去「挖寶」。學期末有一天，她說：「告訴你們我的新發現，圖書館有很多外國的翻譯小說好看到極點，昨天我借這本《三劍客》回家看，結果一夜沒睡覺看到天亮，過癮極了！」她亮出一本厚厚舊舊的書。

「你要還的時候叫我一聲，我接著借。」初二甲全班開始流行看小說，《基度山恩仇記》、《簡愛》、《傲慢與偏見》、《琥珀》、《飄》……一本接一本，全在初二甲人手裡。大家都說：「還的時候一定要通知大家一聲，否則被別班借走就不容易借回來了。」

又有一天，美愛說：「其實我們不要急著看外國的翻譯小說，中國的古典文學名著也有改寫成白話文的。昨天我看了《紅樓夢》，好看極了！」

「什麼叫《紅樓夢》？」

「一部戀愛小說，男主角叫賈寶玉，女主角叫林黛玉，跟西洋的《羅密歐與茱麗葉》一樣啦。」

「哪裡借的？」

「圖書館呀。還有《三國演義》、《西廂記》……排在左邊牆靠裡一個角落。如果不是純兒有『特權』，偷偷帶我進去直接從架上拿下來翻，我也不知道我們已經看得懂我爺爺小時候看過的這種古書呢。」

純兒的姊姊是學校圖書館的館員，所以純兒有「特權」，可以走進書庫裡隨意翻書。

導師發現初二甲全班都在迷看課外書，很滿意的笑著說：「我說看書會上癮，沒錯吧？只要不影響功課，看課外書是提升語文能力最快也最有效的方法。現在你們最重要的，是學中文。能精通中文，才有能力讀地理、歷史等其他科目的書。」

導師並不干涉大家看什麼書，因為大家所看的，全是學校圖書館借來的。她只告訴大家，看到好的句子，應該摘錄下來，並且仔細琢磨欣賞和思考。「學而不思則罔」，她說著在黑板上寫出來，然後又要開始長篇大論的「訓話」了。初二甲全班同學亮起眼睛，個個坐直身子連動都不敢動，大家唯恐聽漏了片言隻字，因為導師的金玉良言，每一句都那樣有學問。而「學問」正是大家如飢如渴迫切想追求和吸收的。在極度缺乏白話文勵志文學作品的那個時候，老師的話，每一句都能成為學生終生難忘的人生座右銘。

「謝謝老師！」每次老師訓完話要下課的時候，初二甲學生總不忘齊聲向老師道一聲謝。

「當老師真好，以後我也要當老師。」同學們都這麼說。因為大家最最喜歡的這位年輕的女性導師，已經成為十多歲的少女心目中最羡慕也最崇拜的偶像。為了要討好這位老師，得到這位老師的稱讚和嘉許，大家力求表現。除了在功課和考試上面拼命下功夫之外，也在儀容整潔上面多加注意，尤其看到老師每天把頭髮梳理得那麼整齊，大家開始在書包裡藏一把梳子，在老師來上課前，悄悄把頭髮重新梳一梳。最有趣的是每個人心中都在偷偷想，怎樣才能引起老師特別的注意和關心，因為老師發現某個同學連續幾天遲到，或上課時間猛打哈欠或打瞌睡，就會找那位同學到她住的學校宿舍小房間個別談話，甚至利用週日到那位同學家去做「家庭訪問」；發現某位同學某科月考不及格，她會指名一位那一科成績特別好的同學，負責在下次考試前陪那位不及格者一起溫書。

阿丁想呀想的想不出好點子，竟然想以「多問問題」來引起老師的注意，於是從圖書館借出一些艱深看不懂的書，抄下一大堆連念都不會念的古文句，準備每次挑一句寫在字條上，在下課後跑去問老師什麼意思。

沒想到第一次就被老師潑一盆冷水。老師笑著說：「這是《千字文》裡的句子，對你們來說，太艱深了。不要浪費時間研究看不懂的古書，先把白話文學好，再學古文吧。」

原來阿丁字條上寫的是「晉楚更霸，趙魏困橫」。

阿丁噘起嘴，愈想愈懊惱。想到自己健康沒問題、家庭沒問題、功課也沒問題，那要怎麼引起老師特別的注目呢？她自言自語學著老師念：「先把白話文學好再學古……噢，對了，問白話文的問題！」。她靈機一動，找出《中央日報》副刊，從上面摘錄下一首白話文新詩：「假如生活欺騙了你，不要傷心，不要難過……」

「對，就問老師『假如生活欺騙了你』這一句是什麼意思？」阿丁興沖沖拿著字條去見老師。那時候剛降完旗，老師正要走回宿舍。

「你，……」老師望著阿丁露出滿臉的笑容說：「那是大人的世界才有的，你們小孩子不會了解。」她支吾一下說：「丁淑惠，你是不是找不到好看的書？來，老師借你看一本《少年維特的煩惱》。」

阿丁終於有了單獨被老師邀請到她宿舍房間的機會。拿著書出來，阿丁興奮得走路一跑一跳，感覺自己在老師的心目中，已經成為「特別可愛」的學生了。

21 老師失蹤了

「求求老天保佑，升初三不要換導師。」暑假裡，初二甲的同學都在心裡默禱。

那是民國三十八年八月，雖然放暑假，但是大家感覺社會氛圍怪怪的，時局十分不穩定。大家不禁擔心，不知開學後學校會不會有什麼變動。

開學那天，見到導師安然無恙的出現，大家欣喜萬分的圍過去，問她說：「老師，共產黨會不會打到臺灣來？」

「不用害怕，臺灣不會有危險。不管時局怎樣變化，你們小孩子都不用擔心，只要埋首認真讀書就可以了。臺灣從日本殖民到現在，你們已經浪費、犧牲了好多年讀書求知識的寶貴時光，不要再徬徨了，讀書比什麼都重要。如果你們愛國，想為國家做事，那更應該多讀書充實自己。總而言之，你們不用擔心時事，在學校做個認真讀書的好學生，回家做個會幫忙做家事、懂事會體貼父母的好女兒，就是你們現階段人生的滿分。好了，回教室溫書吧！」

儘管老師百般安撫，大家還是心裡惶惶不安。因為全省戒嚴，基隆港、高雄港宵禁，大人出門都要帶國民身分證。而更可怕的是物價飛漲，隨處都能聽到有人在嚷嚷：「有錢快買東西屯積起來，否則一斗米一夜之間漲三倍的價錢，以後有錢也買不到東西。」

不久，政府宣布舊臺幣要換成新臺幣——四萬元舊幣換一元新幣，大人們又在嚷嚷：「要不要換？新臺幣可靠嗎？你準備什麼時候去換？」因為剛開始的時候，舊臺幣與新臺幣都能使用，市面上買賣東西，都要拿著算盤打來打去折算一番。

有一天，林素戴一隻新手錶到學校，逢人就問：「猜猜看，一隻手錶多少錢？昨天我叔叔從臺北買回來送我的。」

每個被問的同學都搖頭，因為無從猜起呀。

林素得意的說：「五百萬！信不信由你。」

阿丁聽到了，拿一張紙計算一下說：「哇，好便宜喲，才一百二十五元！」

物價飛漲，一般人都愁眉苦臉，但也有不少人發大財。發財的方法很簡單，那就是屯積米包、糖包、鹽包或肥皂等食物和民生必需品，等漲價了再賣出去。

每次，大人們在議論某人有眼光，買對了屯積貨，不到一個月就賺到幾億元（舊臺幣），孩子們就羨慕的想：「為什麼自己的爸爸不會發這樣的財？」

有一天，林素靈機一動，問同學們說：「我們要不要也來發發小財？我叔叔要買糖包屯積，我們拿出零用錢合起來，託他幫我們買一包寄在他那，要賣的時候也幫我們賣，說不定我們的『投資』會變成十倍回來喲！」

「好，好，讓我參加一份！」

「我也要！」

「我也要！」……

教室裡鬧哄哄。剛好導師走進來。

「什麼事這麼興奮？」她奇怪的問。

「我們要做生意發一次小財。」

「等我們賺到錢，請老師看電影和到餐廳吃美食！」大家七嘴八舌的爭著要向老師撒嬌。

老師莫名其妙的楞了半天，好不容易才弄明白怎麼回事。隨即她板起面孔，厲聲說：「不可以！」然後告訴大家「投資」與「投機」之不同。她說：「好商人不做投機生意。國家有難的時候發『國難財』是不道德的。」然後她講起對日抗戰的時候，不道德的奸商如何發國難財的種種。大家聽得好氣憤，當然也學會了明辨是非。

「幸好老師告訴我們，否則我們全班都變成『奸商』。」阿丁說。

林素接著說：「回家我要叫爸爸阻止我叔叔做投機生意，太不道德了。」

社會愈來愈亂，有人搶，有人偷，每天都有令人驚心的新聞。

有一天中午吃飯的時候，美女突然問阿丁：「最近有一句流行臺語：『七洋（洋與融同音）八洋，融了了』，你知道什麼意思嗎？」

阿丁搖頭。

美女說，臺北有一家叫「七洋」的錢莊，用很高的利息吸收存金。我們中部很多地方鄉鎮，都設有分號（店），每一分號由地方上有名的人當負責人，因此一般民眾都很放心的把儲蓄金拿去「七洋」放利息。結果沒多久，「七洋」忽然倒了，債主逃得無影無蹤，債權人無從追討，只好自認倒楣，而以「七洋八洋，融了了」這句打油詩發發牢騷，消遣自己。

美女剛說完，教室外面的網球場突然騷動起來。原來是兩三位工友合力拉了一部堆滿文具用品的板車，落放在球場中央，大聲吆喝著：「很便宜很便宜，要買的人快來。」

「怎麼回事？」好奇的初三甲人全跑出去，但見總務主任沮喪著臉，無力的向大家說：「你們的註冊費被印書局倒了，老闆跑掉找不到人，我們只好把他店裡的東西搬來拍賣。你們隨便買吧，賣多少算多少，不夠的學校當然要賠，我這總務主任真倒楣。」

大家不知該笑還是該哭。不過學校發生這種事倒是新鮮有趣。口袋裡有錢的人開始掏錢，沒錢的人開始找人借，每人都搶著要買，因為價錢很便宜，實在值得買。

「咦，也有小說呢！」初三甲人首先發現。動作快的美女馬上出手搶購《福爾摩斯偵探小說集》，並且招呼班上的人每人買不同的，以後交換著看。

就這樣，初三甲人第一次接觸到學校圖書館之外的書，有連環圖畫故事書、漫畫書，也有鬼故事，每一本都精采有趣，大家看得好開心。

POSTER COLOR
松煙
高級宣紙

然而時局愈變愈壞，一批一批衣衫不整的國軍，從大陸撤退到臺灣。全省各地的寺廟和學校，都變成軍隊的臨時駐地。每個國民學校都撥出一半的教室供軍隊使用，剩下一半的教室，只好採取上課半天制，把學生分成上午班和下午班，兩班共用一間教室，上下午錯開上課。

彰化女中沒有軍隊駐進，因此一直照常上課。不過最後從舟山群島撤退到臺灣的大批國軍，駐進彰化中學和彰化商職時，兩校男生無處上課，只好由彰化女中和彰化女商兩個女校分出半個校園和一半的教室，借給他們使用。

原本只有女生的彰女，一下子湧進來大批男生，應該是極新鮮而刺激的一件大事，然而大家卻沒心情也沒興趣看男生。因為初三的四個班級要縮成三班，初三甲人深怕被拆散，因此發動全班簽名寫陳情書，求校長不要讓甲班去插別班。結果是丁班被分散編入各班。初三甲的同學雖然慶幸，但是引起隔壁班的公憤，被罵驕傲與自私。原來的初三甲為了表示團結，開始使用「老三甲」的稱號，區分重編後的新成員。

「你，要不要升學？」初三第二學期一開始，大家就互相關心這件事。因為當時的社會重男輕女，有些家長認為女孩子不用讀太多的書，初中畢業去學打字或學洋裁，才是最好的出路。

「絕對、絕對要爭取升學！」導師堅決的說。她說：「你們是資優班，每個都是讀書的好料子，不升學怎麼可以？別糟蹋自己！」她不放心的一個一個問。有問題的馬上去家庭訪問，或把家長請到學校，想盡辦法說服家長，結果發現班上有四個同學真正升學有困難，但她仍然不死心的安慰那四個同學說：「畢業後到升學考試，還有一段時間，老師會繼續替你們想辦法，放心好了。」

萬萬沒想到老師還沒替她們想出辦法，卻突然失蹤不見了。

22 悵然離別

老師忽然失蹤，是半夜裡被情治單位的憲兵帶走的，雖然沒幾天就被釋放，安然重回學校宿舍，但那一場驚心動魄的可怕事，一直烙印在愛她、崇拜她的「老三甲」全班人的心上。事隔了好久以後，一提起那件事，阿丁還會眼眶紅紅的說：「都是我這掃把星害人，如果老師那天不是要到我家，可能前一天就能到臺北找她哥哥，而不會留在學校宿舍被憲兵抓走，白坐三天兩夜的冤獄。老師真可憐。」

「不是你，是我啦。」心欣爭著說：「那天要到你家玩，是我提議的，我才是害人的掃把星。」

原來老師失蹤的那一天，本來預定要到鹿港阿丁家，跟七、八個阿丁邀請的要好同學會合，一起去參觀鹿港著名的媽祖廟和文武廟，順便拍些畢業前的紀念照和逛街、吃吃蚵仔煎什麼的。作夢也沒想到會青天霹靂，發生老師失蹤的驚人大意外。

說起來實在令人傷心，心欣所以會計畫那趟「鹿港之行」，是因為初中生活要提前結束，學校宣布不舉辦畢業典禮，也不等學期結束，就發下畢業證書，告訴應屆畢業生可以提前離校，不想離校的自由上課。因為教室不夠，學校不知該如何編排上課時間表，只好讓學生們跑來跑去自動去找老師隨地講課。事實上沒有人有心情讀書，找老師不過是隨便聊聊天罷了。

「就這樣說散就散，不說聲再見就離別嗎？」心欣哭著說：「至少我們也要來個簡單的紀念惜別活動。」

「好哇，那就到鹿港吧，你們不是一直念著要去看我們鹿港的媽祖廟嗎？」阿丁說。

就這樣決定了鹿港之行。阿丁很高興，但她沒辦法招待全班人到她家吃飯，因此悄悄約了七八個特別要好的同學，並且恭請老師同遊。

導師欣然答應，但因為那天上午剛好有事，因此叫心欣她們幾個要從彰化出發的先走不要等她，她會晚幾班車，吃過午飯再去跟大家一起玩。

那天早上天剛亮阿丁就起床，幫著媽媽整理客廳和準備招待一桌人吃的豐盛飯菜。

上午十點多，心欣帶著一隊人興沖沖準時到達阿丁家。阿丁早準備好了茶水、飲料、水果和餅乾糖果，還有跳棋、撲克牌和口琴、風琴等，大夥玩得好開心。午餐時媽媽端出一盤又一盤的拿手菜，色香味俱佳，大家一邊吃一邊讚不絕口，阿丁好得意，媽媽也樂得笑哈哈。

吃完午飯擦擦嘴，大家急急忙忙趕著要到火車站接導師。阿丁說：「火車一點半才會到，現在去太早了吧？」

「反正同樣是坐，就到火車站去坐好了，在這裡等，大家都坐立不安。」心欣說。

於是「唷嗬——」一聲叫，七八個女生像一群野馬，一路笑鬧著趕到火車站。

時間到了，小火車（五分車）姍姍進站，十多隻眼睛掃視每個車廂，怎麼不見親愛的導師呢？

大家正疑惑著，迎面走過來一位丙班的住校生梁玉蘭，她哭著告訴大家一個非常意外的恐怖消息：「今天清晨五點多，校長、張老師、楊老師、蘇老師和物理老師，還有門房老趙，被憲兵抓走了。你們張老師臨走之前交待我一定趕來告訴你們，說抱歉，她爽約了。」

「你說什麼？」大家失聲驚叫：「被憲兵抓走？他們做了什麼壞事？」

「不知道。舍監說，情治單位認為他們思想有問題，叫，叫……『思想犯』。」

「思想有問題？」大家更迷糊了。「那麼愛國、那麼愛學生的導師，思想會有什麼問題？簡直是開玩笑，恐怕出了是什麼錯誤，抓錯人吧？」

「可是，校長也被抓走，還有那麼多位老師，怎麼會抓錯這麼多人呢？」玉蘭說。

「不可能，我們導師不可能是共產黨！」阿丁叫著第一個哭起來，於是大家掏手帕，嗚嗚嗚的哭成一團。

「哭有什麼用？我們快回去救老師。」龍頭突然止住哭聲，建議大家馬上跳上火車，馬上趕回彰化。

阿丁沒跟著大家走。因為還沒向家人交待，不能像老師一樣失蹤，害父母焦急。

心欣她們說走就走，來不及揮個手就跑去買票上車。火車「嗚——」的拉出一聲驚天動地的汽笛，把一群驚慌失措的小女生載走了。

阿丁回家問爸爸：「什麼叫思想有問題？」

爸爸說：「等你長大了自然明白。」他好像懶得解釋和說明，只說：「你們導師可能是被冤枉。如果不是匪諜，就會被釋放，放心好了。」

聽到「匪諜」兩個字，阿丁更迷惑了。那不是偵探戰爭影片裡才有的名詞嗎？

「匪諜」、「共產黨」、「思想有問題」、「思想犯」*……一連串的問號在阿丁腦子裡打轉，可是有疑問要問誰呢？學校一定停課了，門房被抓走，校門也一定深鎖不開了。阿丁突然想到小學畢業時唱的畢業歌「……世路多歧，人海茫茫……」她想唱，但唱不出來。不過深深能體會那幾句歌詞的悲哀，於是伏在桌上，又嗚嗚嗚的哭起來。

閱讀補充包

時代這樣改變，真好！

臺灣人擁有民主、自由和人權，是經過長期爭取的結果。在威權時代，人們沒有言論自由，甚至沒有思想自由。「思想有問題」的人，隨時可能被抓走；「白色恐怖」事件，使很多無辜的人成為「思想犯」，包括校園裡的教師。

第二天，阿丁坐火車趕到彰化找心欣探問消息。心欣說，昨天她們奔回學校四處探問，卻問不出一個所以然，只知道老師們在學校斜對面的警察局裡面。大夥飛奔過去，但被無情的值勤警員擋在門外，怒聲趕她們走。

心欣說，她們像一群找不到父母的小小鳥，唧唧喳喳圍在警局西邊牆的窗下守候、窺探，只要能見到老師的影子，知道他們安好就滿足了，偏偏她們卻什麼也看不見。

大家正傷心著，娟娟突然提議，回家準備飯盒。太陽下山了，送晚飯是很正當的理由，警員不會無情到不准人送飯。

「好主意！」大家興奮的跑回家，提了飯又跑回警局，卻仍然被擋在門口不准踏進一步。大夥萬般沮喪的又聚到西邊窗下窺探、守候，望斷秋水仍不見人影。幽暗的窗下蚊子嗡嗡叫，叮人叮得讓大家一會兒揮手一會兒跳腳，但沒有人說要回家，最後是媽媽們結群來苦勸，才把哭哭啼啼的她們一群人勸回家。

「今天，我們一大早就趕到學校來，茫茫然坐在教室門口，看到有老師走過就探消息。但每位老師都默然搖頭，誰也不知道怎樣才能見到被關的校長他們。」

心欣正說著，突然從總務處傳來消息，要同學們集合。總務主任告訴大家，除了校長之外，老師們可以保釋，但每位老師要有兩個「店保」。同學們我看你你看我的互望著，沒人知道什麼叫「店保」。經主任一番解釋，心欣知道開牙醫診所的爸爸有資格保，龍頭家開電器行，她爸爸也可以保，於是兩人飛奔回家，興奮的轉告爸爸。

阿丁陪心欣奔回家，還沒進門心欣就一路嚷嚷著叫：「爸爸、爸爸，我們老師有救了，您可以提供『店保』，保出我們老師。」

奇怪的是心欣的爸爸和媽媽互望著沉默起來，好像有什麼苦衷不敢慨然答應。

「爸爸，您不肯是不是？」心欣哭著大聲叫起來：「為什麼？為什麼爸爸不肯答應？」

心欣的媽媽使個眼色，把爸爸叫到一邊耳語一陣以後，回來安慰心欣和阿丁說：「你們乖乖聽話，先把午飯吃了，爸爸會替你們想辦法。」

兩人不知所謂的「辦法」是什麼樣的辦法，但也不好意思再吵，所以很聽話的默然端起飯碗，一口一口的扒起飯來。

心欣的爸爸沒過來一起吃飯，但見他牽著單車騎了上去，不知要到哪裡去。

過了好一會兒，心欣的爸爸才回來。他神情凝重的說：「手續辦好了。」

心欣來不及向爸爸道謝，牽著阿丁的手飛奔回學校。滿心期待，以為馬上就能見到老師了。但等

呀等的等到日落西山，教室裡開始幽暗，仍不見老師回來。

總務主任搖搖頭，告訴大家說：「你們先回去吧，明天早上你們老師一定能出來，放心好了。」

「為什麼？為什麼我們老師有『店保』還不能出來？」心欣和龍頭同時問，說話帶哭聲。

總務主任說，有的老師很快的得到學生家長的保，有的沒有。有保的人不忍心拋下難友自己先出來，自願在警局拘留所裡多待一夜，等大家能出來才一起出來。

阿丁安心的回家了。隔兩天才接到心欣的信，說老師們在第二天中午，相偕安然回到學校宿舍，但可憐的校長不能保釋，決定押送臺北。

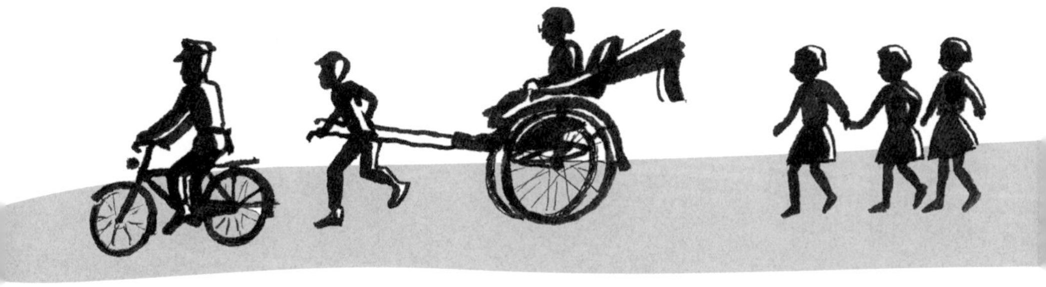

「怎麼去？總該讓學生送送她吧？」心欣在信上說，老師們很氣憤，因此幾番交涉，警方才答應讓校方用校長專用的人力車送她到車站。

那天，心欣她們一群彰化市的市內生，跟在人力車後面奔跑哭喊，叫校長要趕快回來。校長不停的從車後小窗打手勢，叫大家回家。

大夥抵達火車站以後，校長下車，很鎮定的撫摸每個學生的頭，叫大家不要哭。但是她愈說，大家哭得愈厲害，最後，校長自己也哭了。

「再見——，校長再見……」阿丁想像火車離站的悲傷情景，不禁淚流滿面，放聲哭起來。

「再見——，初中生活再見——，『老三甲』再見——……」阿丁哭了好幾天。

老三甲全班同學，最後一排（右六）為十六歲時的作者。

後記

嶺月

你一定很好奇之後發生了什麼事吧？這些「老三甲」女孩們後來有沒有順利畢業呢？

幸好沒多久社會局勢就穩定下來了。阿丁跟素娥、婉真等五六個要好的同學北上讀臺北女師；心欣、龍頭和皮蛋等幾個家境富裕的直升讀高中；美女和翠華等幾個要好的朋友本來也很想到臺北，但父母保守，不放心讓女孩子到繁華的都市住校讀書，因此就留在中部讀臺中師範學校。班上除了那四名真正升學有困難的同學之外，每個人都順順利利開始了另一個階段的人生和新的學習生活。

「記得隨時保持連繫，直到永遠永遠！」這是老三甲人的終生許諾。

果然她們常相聚，導師也常應邀參加，每次都聚得很熱鬧愉快！

國家圖書館出版品預行編目（CIP）資料

鹿港少女 . 2, 再見了 老三甲 / 嶺月作 ; 曹俊彥繪 . -- 初版 . -- 新北市 : 字畝文化出版 : 遠足文化發行 , 2020.05
面； 公分
ISBN 978-986-5505-19-6（平裝）
863.596 109004382

XBSY0021

鹿港少女2：再見了 老三甲

作　　者｜嶺　月
繪　　者｜曹俊彥

字畝文化創意有限公司
社長兼總編輯｜馮季眉
主　　編｜許雅筑
責任編輯｜戴鈺娟
編　　輯｜陳心方、李培如
封面設計｜許紘維
內頁設計｜張簡至真

出　　版｜字畝文化創意有限公司
發　　行｜遠足文化事業股份有限公司（讀書共和國出版集團）
地　　址｜231 新北市新店區民權路 108-2 號 9 樓
電　　話｜(02)2218-1417
傳　　真｜(02)8667-1065
客服信箱｜service@bookrep.com.tw
網路書店｜www.bookrep.com.tw
團體訂購請洽業務部 (02) 2218-1417 分機 1124

法律顧問｜華洋法律事務所　蘇文生律師
印　　製｜中原造像股份有限公司

2020年5月　初版一刷　定價：360元
2023年7月　初版四刷
ISBN 978-986-5505-19-6　書號：XBSY0021